私が聖女？いいえ、悪役令嬢です！２

～生存ルート目指したらなぜか聖女になってしまいそうな件～

藍上イオタ

目次

〜妖精について〜
魔力がない者には姿が見えず、
その存在は秘匿とされている。
国を揺るがすほどの力を持つ七人の
長がいる。気まぐれで気分屋のため
人間に祝福を与えることは稀。
前回までのあらすじ
結末は全て〝メリーバッドエンド〟、
夢も希望もない乙女ゲーム
「ハナコロ」に転生してしまったイリス。
悪役令嬢としてヒロイン・カミーユの
不幸な恋愛フラグを阻止し、
聖女として祭り上げられ
破滅しそうになるも無事回避！
シナリオ改変に成功する。
王子・レゼダとの仲も進展し、順風
満帆な学園生活を謳歌していたある日、
隣国の王女が留学してきたことを
きっかけに次々と事件が勃発！
事件の傍らにはいつも
とある生徒の姿があって…？
妖精に愛された悪役令嬢
イリス
異色の乙女ゲームに転生してしまった元OL。
悪役令嬢で魔力はゼロのはずが、
絶大な力を持つ妖精の長・ソージュの祝福を受け
巷では「緑の聖女」と呼ばれている。
イリス一筋の第二王子
レゼダ
爽やかな笑顔がまぶしい正統派イケメン。
攻略対象キャラとしての正規ルートは
「ヤンデレ監禁王子」。
シナリオは変わったはずだったが…？
私が聖女？いいえ、
悪役令嬢です！2
生存ルート目指したら
なぜか聖女になってしまいそうな件

妖艶な隣国の王女
ガリーナ
魔法を持たない
ヴェルツル王国の第一王女。
合理的で責任感が強く、
優秀な伴侶を求めて
フロレゾン王国に留学。
主従の関係
たたき上げの寡黙な騎士
デッカー
ガリーナの従者として共に
学園にやって来る。
平民の出だが実力は確かで、
王女から信頼されている。
レゼダの護衛騎士
ニジェル
イリスの双子の弟。
真面目で正義感が強く、
姉とカミーユのことを
大事に思っている。
レゼダのお目付け役。
ジャス
イリスの友人に名乗りを
上げる男子生徒。
病弱で学園に来ていな
かったというが…?
パヴォ
魔道宮の特殊魔術部
門責任者。
重度の魔法オタク。
シティスと相愛。
シティス
伯爵家子息で優秀な宮
廷魔導士。
カミーユの異母兄。
カミーユ
次代の「聖なる乙女」として
日々勉強中。
ニジェルに想いを寄せる。
藍の妖精の長
ボリジ
かつて人間と恋に落ち、今は
宝石彫刻師として隠遁生活を送る。
緑の妖精の長
ローリエ
長い眠りから目覚めたばかりのため
幼児の姿。レゼダのことが大好き。
紫の妖精の長
ソージュ
畏れと尊敬を集める存在。
イリスを溺愛し守護する。
イリスに害をなすものは許さない。
character

1　新しい季節の始まり

春である。

王立クリザンテム学園の校門から校舎までを彩るリラ並木。その間を初々しい新入生たちが、はしゃぎながら歩いてくる。新しい年度の始まりを祝うように白い花吹雪《はなふぶき》が青空に舞っていた。

去年の私も上級生にはこんな感じに見えたのかしら？

そう去年の同じ季節を思い出し、クスリとひとりで笑う少女がいた。

名前はイリス・ド・シュバリィー。これぞゲーム配色といったミントグリーンの髪に紫のリボンをなびかせて、校舎の窓から新入生の登校を眺めている。

若葉色の大きな瞳は猫のようにつり上がり、整った顔立ちのせいで少しきつい印象だ。勇者を輩出したこともある騎士の家系の侯爵令嬢で、この世界では悪役令嬢の役回りである。

実はここフロレゾン王国は、乙女ゲーム『白い花が咲くころに』通称ハナコロの中の国なのだ。イリスの通うクリザンテム学園はフロレゾン王国の王立学園で、貴族や魔力の強い者しか入学できない。しかし、ゲームヒロインのカミーユは平民でありながら、強い魔力を持つためにこの学園に入学することとなり、ゲームがスタートする。低い身分の生まれからイジメを受けつつも、聖女の頂点である〝聖なる乙女〟を目指すストーリーだ。

下町育ちのヒロインが、妖精の住むファンタジーな世界で、貴族のイケメンに力を借り、彼らと愛を育てつつ、魔法を学び恋をする。日本のゲームだけあって、カラフルでアニメ風なデザインだ。風習文化は現代日本風で、身分の差は厳しくない。いわゆるよくある乙女ゲームなのだが、内容は独特だった。

ヒロインが攻略対象者と結ばれなかった場合、すべてのルートで悪役令嬢に刺殺されるバッドエンドとなる。いわゆる友情エンドはない。ハッピーエンドも、ハッピーとは言い切れない〝メリーバッドエンド〟しかなかった。なにしろ、王子に監禁され愛人になる『籠《かご》の中の愛』ルートか、騎士に常に鎖《くさり》で繋がれる『愛の鎖』ルートか、兄と心中し千年経って目覚める『千年の眠り』ルートのいずれかなのだ。

現実だったら到底受け入れられない結末だが、ヒロインはどのルートに至っても満たされた笑顔を見せ、ハッピーエンド風な演出もあるので、プレイヤーは『ヒロインが幸せならいいか』と思うのである。

ちなみに悪役令嬢イリスはどのルートでも殺されるか、死んだほうがましな最後を迎えることになっている。制作者の狂気を感じられるゲームなのだ。

そんなゲームの中に、イリスは転生してしまったのだ。前世は日本人のアラサーＯＬだったゲームオタクのイリスは、やりこんでいたゲームの中に自分がいることに気がついて、恐れおののいた。ゲームとしては最高ではあったが、現実としては最低な世界だったからである。

そして、転生してからは自分の命を守るため、ヒロインのメリバを阻止し、ヒロインを聖なる乙女にするべく奮闘してきた。そんなイリスの努力が実り、昨年、ヒロインは無事に次代の聖なる乙女となったのだ。

今まで色々あったわね……。妖精の長ソージュ様から祝福を受け、第二王子からプロポーズされるなんて思いもしなかったわ。

ソージュはイリスを愛する妖精の長だ。この国には妖精の長と呼ばれる強力な魔力を持つ存在が七人いる。その中のひとり、紫の長ソージュからイリスは祝福を受けているのだ。祝福とは、妖精が自分の気に入った人間に力を貸す契約をすることだ。祝福により、互いに魔力のやり取りがより簡単になるのだ。

妖精の長なんてゲームには出てこない存在だったからびっくりよね。

イリスは小さく笑う。

去年までは、ゲームのシナリオを知っていたにもかかわらず、イレギュラーなことがたくさん起こった。ゲーム設定ではわからなかった世界を知るたびに心躍った。下町の人々とのやり取りや、ソージュとの出会いもそのひとつだ。

今年からはゲームのシナリオにはない、その先の未知なる世界が始まる。そう思うとイリスは期待で胸が高鳴るのだ。

春風がイリスのミントグリーンの巻き髪を柔らかく撫《な》でる。揺れる巻き髪の中では、妖精のひとりがウトウトとうたた寝をしている。つられてイリスも眠くなってしまう。手のひらで口元を隠し、あくびをする。

そんなイリスの視界の中に、目の覚めるような赤い髪の少女が映りこんできた。

豊かな髪を高い位置でポニーテールにした女生徒だ。白い花吹雪の中で、燃える炎のような赤い瞳が激しく目立つ。私服登校を許されていることから、留学生だと一目でわかる。豊かな胸の膨らみを強調するように胸元が開いたドレス。くびれたウエストに、ハイヒール。自分の武器を熟知した堂々たるファッション。

背後には護衛の騎士が影のように寄り添っていた。

わぁぁぁ！　まさにゲームの悪役令嬢って感じね。私よりずっと悪役令嬢っぽいわ！

イリスは驚いて目を見張る。

そのふたりを追いこしていく新入生の集団がいた。話に夢中で周囲に気を配れていないようだ。赤い髪の少女とぶつかりそうになった瞬間、護衛の騎士が抱きかかえるようにして彼女をかばった。少女は驚いて騎士を見上げ、恥じらうように顔を赤くし、胸を押し返した。騎士は気まずそうに頬を赤らめつつも、無事を確認しているようだ。

きゃぁぁ！　キュンキュンする！　両想いなの？　護衛と一緒に留学なんて、乙女ゲームなら愛が育つイベントじゃない！

そんな妄想をしていれば、イリスの隣にひとりの男子生徒が並んだ。

雨雲のような灰色の髪がフワフワとしている。曇天色の瞳は少し捉えどころのないような気もするが、ニコニコと微笑《ほほえ》む姿は人当たりがよさそうだ。フワリとジャスミンの香りがする。アヒルのような口は愛嬌《あいきょう》があり、整った顔立ちからはゲームのメインキャラでもおかしくない気がするのだが、制服はモブ仕様である。

作画力の無駄遣い……。制作陣！　ここに力入れるなら悪役増やしてもよくなかった？

イリスはひっそりと思う。

「彼女、すごいよね」

先ほど校門をくぐったばかりの赤い髪の女性を指さして、彼はあくびをしながら、馴れ馴れしい言葉遣いで話しかけてきた。

「？」

イリスに気さくに話しかける生徒は多くない。まるで昔からの友人のような振る舞いにイリスは不思議に思った。

イリスは冷たい悪役令嬢顔で人を寄せつけないところがある。最近になり、女子生徒とはお茶会などをするようになったが、男子生徒で仲がよいのは双子の弟ニジェルと、婚約予定の第二王子レゼダぐらいだからだ。

イリスは同級生をすべて覚えているはずだった。王子の妃候補としてたたき込まれたのだ。そして、彼の顔も見覚えがある。それなのに、違和感がある。眉の間がモヤモヤとする。まるで眠気を抑えて無理やり起きているような変な怠《だる》さだ。

うーん……。誰だろう。どこかで……。ああ！　メガーヌさんと一緒にいた人だ。でも名前が出てこない……。入学時適性検査のことも覚えてない……。

メガーヌとは昨年までイリスたちと一緒に学んでいた生徒だ。父のデュポン男爵が聖なる乙女候補者を利用しようと、周囲を騙《だま》しカミーユを養女としていたのだ。その罪を精算するために、メガーヌは退学してしまった。

きっとメガーヌの友人で、私の話を聞いていたのね。

そう納得し、イリスは世間話に応じる。

「ええ、転入生なのかしら？」

「彼女は南にあるヴルツェル王国の第一王女、ガリーナ・ヴォン・グラディオーレン殿下だよ」

「美しい方ですね」

「そして聡明《そうめい》なんだって。ヴルツェル王国は代々女王が国を治めていてね、彼女は次期女王といわれている。王女たちは十六になったら周辺各国を遊学して、婚約者候補を探すと噂《うわさ》だよ。王配となるに相応《ふさわ》しい男を他国より選ぶのが習わしなんだって」

「詳しいんですね。ありがとうございます」

詳しく教えてくれる男子生徒に感謝する。

「あの、それで、あなたは？　メガーヌさんのお友達ですよね？　適性検査ではお見かけしなかったと思うのですけど……」

眠たげだった男子生徒は、イリスの問いにヒュッと息を呑み、目を見開いた。

イリスが不思議そうな顔をすると、さっと笑顔に戻る。

「ご挨拶が遅れました。ジャス・ド・ルノワールです。病弱なためあまり学園に来られずに、留年してしまったので、同じ適性検査を受けていないのです。私はひとつ年上です。イリス嬢、お友達になっていただけませんか？　メガーヌ嬢の話ができる友人が少なく寂しく思っているんです」

イリスはその言葉にパァァァと笑顔になった。もともとイリスは友達が少ないのだ。

「ジャス先輩とお呼びしたらよいですか？」

「先輩なんて言わないで、気さくにして。ジャスでいいよ」

「はい！　よろしくお願いします」

元気いっぱいイリスが頭を下げると、ジャスは満足げに笑った。

「オレ、君好きだな。仲良くできそうだよねオレたち」

話しかけてきた当初のように砕けた話し方に戻ったジャスにイリスは嬉《うれ》しくなる。ゲーム主要人物以外で、初めて対等な友人関係になれそうだと思ったのだ。

「そうですね。ジャス様のクラスはどこですか？」

「あ、用事の途中だったんだ。またね！」

そう言うとジャスは突然、足早に去っていく。

不思議に思いながらその背を見送っていると、スッと温かい気配を纏《まと》った影がイリスに重なった。

「イリス、ここにいたんだね」

朱鷺《とき》色の瞳と視線がかちあう。

イリスはドキリとして、とっさに視線をそらし、一瞬で赤くなった頬を押さえる。

フロレゾン王国第二王子、レゼダ・ド・ゲイヤーがそこにはいた。彼の背後には、イリスの双子の弟、ニジェル・ド・シュバリィーが控えている。彼は、第二王子であるレゼダの学園内での護衛騎士もかねているのだ。

イリスとレゼダのふたりは婚約を控えた仲だ。まだ正式に婚約はしていないが、あとは婚約式を迎えるだけである。

レゼダ様、今日はいつもより大人っぽくて、ゲームパッケージのキメ顔のようだわ。これは、心臓に悪い……。

レゼダは悩ましいほど美しいのである。

薔薇《ばら》の花びらに転がる朝露《あさつゆ》のようにきらめく瞳。ピンクダイヤモンドから紡ぎ出したかのような朱鷺色の髪。つるりとした傷ひとつない白い肌に、神殿に飾られた彫刻のように整った造形の顔立ち。

「どうしたの？　イリス」

自分の美しさに無自覚なレゼダは、不思議そうに微笑んでイリスの顔を覗き込む。レゼダの長い睫毛《まつげ》に春の日差しがきらめいてとても綺麗《きれい》だ。

あまりの距離の近さに、イリスはうっと息を呑み、怯《ひる》んだ。その様子を見た周囲の女生徒たちが歓声をあげる。

「いえ、なんでもありません。ちょっと暖かくて顔が火照《ほて》るみたいです……」

モゴモゴとイリスは答えた。レゼダが大人っぽいからドキドキしただなんて、口が裂けても言えない。

「ピンクのほっぺも可愛《かわい》いね」

まるで朝の挨拶のようにレゼダが言って、イリスは返答に窮《きゅう》した。それを横で聞いていたニジェルは、わざとらしくため息をつく。

レゼダのほうがカッコいいくせに……。

またも口には出せないことを思うイリスである。

「なにを見ていたの？」

「あの方たちはヴルツェル王国からの留学生なのですよね？」

イリスは赤い髪の女生徒を目で追いながら尋ねる。

「耳が早いね、イリス」

レゼダが感心したようにイリスを見る。

「周囲が海に囲まれている島国のフロレゾン王国とは反対に、ヴルツェル王国は多くの国に囲まれている。そのため、定期的に周囲の同盟国に友好親善使節団を送り、相互理解を深めているんだ。今回はその使節団に王女殿下も同行し、我が校に短期留学することになった。使節団の中には、相手国の人と結婚し、互いの同盟関係に寄与する者も多いそうだよ」

「まるで『戦いは他の者に任せよ、汝《なんじ》幸いなるヴルツェルよ、結婚せよ』ですね」

イリスは笑いながら、前世で聞いたことのあるフレーズを思わず口にした。すると、レゼダがびっくりしたようにイリスを見た。

「よく知ってたね！　ヴルツェル王国の詩の一節だけどいつ勉強したの？」

「いえ、あの、たまたま耳に入っただけで、勉強では……」

ゴニョゴニョと口を濁す。前世のテレビで見ただけだ。

「相変わらず、イリスは謙虚だね。では、フロレゾン王国とヴルツェル王国のその他の違いは知ってる？」

イリスは思い出すように、右上を見た。以前、お妃教育の一環として、同盟国の情報はひと通り教えてもらっていた。

「うーんと。ヴルツェル王国には魔法がないのでしたね。その代わり、魔法に頼らない科学技術や医療が発達していると聞きました。フロレゾン王国では薬や道具などを輸入しているんですよね？」

「正解。誰にでも安定して使えるヴルツェル王国の道具や薬は、魔法の使えない人々にはとても重宝していて助かっている。魔法が使えるのはフロレゾン王国の一部の人だからね」

イリスも魔法は使えないのでよくわかる。

フロレゾン王国の政治の中枢は強い魔力を持つ貴族たちが占めているため、どうしても魔法ありきで物事が進められがちだ。実際、多くのことが魔法で対応できてしまうため、道具の必要を感じていないのだ。

しかし、魔力の弱い平民たちは苦労していた。だから、他国の便利な輸入品を頼ることも多い。薬にしても、フロレゾン王国では昔ながらのハーブで作られたものが主流だが、それらは効果が低い。効果の高い魔法薬は、主成分が聖水で長期保存ができない。また、病気に合わせて個々に違う魔法を込めるため、教会で魔導士に調合してもらう必要がある。イリスの作ったワクチンは妖精の力を借りた特殊なもので、通常魔法で粉薬を作ることはない。

一方、ヴルツェル王国の薬は持ち歩きに便利で保存可能、しかも症状さえ伝えればいつでも店で買える。魔法薬に比べると効き目が遅いがその分便利だった。

「でもヴルツェル王国のことも知っているみたいで、安心したよ。王女殿下のことは、イリスとカミーユ嬢のふたりで面倒を見てもらうことになったから」

レゼダの言葉に、イリスは耳を疑った。

「はい？」

「それで今呼びに来た」

「私、ヴルツェル語なんて話せませんよ⁉」

「大丈夫、彼女はフロレゾン語が話せるから」

「すごい！」

「すごいよね、五カ国語ほど話せるそうだ」

「レゼダも何カ国語か話せましたよね？」

「うん、でも僕はまだ三カ国語しか無理かな？」

サラリとなんでもないことのようにレゼダが答える。イリスは尊敬の眼差しでレゼダを見た。

「すごい‼」

「まぁ、小さいころから教育されているしね。言葉自体はよく似ているし」

「ううん！　すごいです！」

イリスのキラキラとした眼差しを受けて、レゼダは照れたように笑った。

「ありがとう、イリスに褒められるのが一番嬉しい」

「っ‼」

殺傷能力の高いはにかみ顔を向けられて、イリスの心臓が止まりかける。

周囲にいた女生徒の何人かは膝をついた。

すでに赤かったイリスの頬がリンゴのように真っ赤になる。

イリスってば可愛いな。

レゼダは思わず手を伸ばした。その手をニジェルがパシッと払う。

「そろそろ学園長室へ参りましょう。カミーユ嬢も待っていると思います」

ツンとニジェルが言えば、レゼダは不満げに肩を竦《すく》めた。

そんな三人のいつものやり取りを、周囲の生徒たちは微笑ましく思いながら眺めていた。

2　王女ガリーナ

イリスたちはそろって学園長室の前にやってきた。

威厳ある大きなドアの前では、カミーユ・ド・サドがすでに待っていた。

カミーユは、庇護《ひご》欲をかき立てる子犬のような目をした少女である。ハナコロのヒロインであり、先日、聖なる乙女の審査にて、次代の聖なる乙女として認められたところだ。

晴れ渡った青空をそのまま写し取ったような髪に、同じく澄んだ空色の瞳を持つ可憐《かれん》で優しげな少女だ。

しかし、養父母によって下町で育てられた彼女は、まだまだ貴族的な振る舞いが身についておらず、今は実父サド伯爵のもとで、令嬢として一から学び直しているところだった。

強い魔力を持ちながら驕《おご》らず、伯爵令嬢として、次代の聖なる乙女として、ひたむきに頑張る姿はこれぞヒロインといえた。

カミーユはイリスたちを見て、ホッと息をついた。

下町生まれの彼女にしてみれば、他国の王女との接見など恐れ多い。それなのに、学園生活のサポートを任されるなど、どうしたらよいのかわからなかったのだ。

「イリスさまぁ」

トトトとイリスに駆け寄り、手を取るカミーユに、レゼダとニジェルが思わず視線を交わす。

「私、どうしたらいいのか……。次代の聖なる乙女として外交が大切なのはわかっています。でも、マナーなんてまだまだだし、自信がありません」

「実は私もよ」

イリスは苦笑いした。イリスは、子どものころに土痘《どとう》という伝染病に罹《かか》り、その傷跡が左手に残っていた。土痘に罹った者は〝神に見捨てられた者〟と呼ばれ、特に神によって強い魔力を得たとされる貴族の中では忌諱《きい》されたのだ。

そのためイリスは幼いころから貴族社会から差別され、まともな社交はしてこなかった。最近になってやっと土痘への偏見もなくなり、令嬢たちのお茶会に招待されるようになったところだ。レゼダの妻になるために一生懸命学んではいるが、圧倒的に経験が足りていない。

「気にすることはないよ。それに、クリザンテム学園へ留学に来たんだ。ここでは身分差は問わないし、外交が主の目的ではないと聞いている」

レゼダは優しく言うと、励ますようにイリスの背中をポンと叩《はた》いた。

「それに、僕もいる」

レゼダにニコリと微笑まれ、キュンとするイリスである。

ニジェルは横目でそれを見つつ、ため息をついた。

「では行きましょう」

ニジェルの言葉でレゼダがドアをノックした。入室の許可を得て、ニジェルがドアを開けた。

「失礼します」

レゼダに続いてイリスとカミーユ、ニジェルが学園長室に入った。

ソファーには、ヴルツェル王国の第一王女、ガリーナが堂々とした風格で腰をかけていた。

ソファーの後ろでは護衛騎士がキリリと立っている。

レゼダを見てガリーナは優雅に立ち上がった。真っ赤なグラジオラスが描かれた豪華なドレスである。ヴルツェル王国自慢の鮮やかなプリントが見事だった。

学園長がガリーナにレゼダたちを紹介する。

「こちらはガリーナ殿下の学園生活をサポートする生徒です」

「フロレゾン王国の第二王子レゼダです。こちらは、私の婚約者イリスです」

レゼダの言葉に、イリスはギョッとしつつ頭を下げる。婚約の約束はしたが、まだ公式に認められているわけではない。他国の王族に婚約者として紹介される段階ではないのだ。

「あの、正式にはまだなんですけど……。よろしくお願いします」

イリスはワタワタと付け加えた。レゼダはそれを無視し、続けてニジェルを紹介する。

「そして、彼は僕の親友で、学内での護衛まで押しつけてしまっている」

「ニジェルと申します」

ニジェルがそつなく挨拶をこなす。

「友人であり護衛だなんて、信頼されてらっしゃるのね」

ガリーナは燃えるような瞳で、ジッとニジェルを見つめた。

「彼女は次代の聖なる乙女に指名されたカミーユ嬢。彼女は放課後に聖なる乙女としての勉強があるため、寮内の生活についてはイリスに聞いてください」

「あ、あの、カミーユと申します……」

ガリーナは四人を値踏みするように見て、ニッコリと笑った。

「わたくしは、ヴルツェル王国の第一王女、ガリーナ・ヴォン・グラディオーレンと申します。よろしくお願いいたしますわね」

流暢《りゅうちょう》なフロレゾン語にイリスは驚いた。〝話せる〟程度ではなく、社交も困らないほどの美しい発音だったからだ。

「そして、こちらはわたくしの護衛。デッカー・ボリージです。このたびは特例として、学生ではない者を護衛としてそばに置くことを許していただきました。学生とはいえぬ年ですが、わたくし共々仲良くしていただけると嬉しいですわ」

ガリーナの声には、まるで自分の護衛を自慢するような響きが含まれていた。デッカーは頭を下げた。

「デッカーとお呼びください」

デッカー・ボリージは二十二歳の青年だ。こちらも流暢なフロレゾン語を使う。見知らぬ土地で留学する王女のために、特別に一緒の生活を許されている。

身長はニジェルと同じくらいだろうか。しかし肩幅が広いせいか、ニジェルより大きく見えた。日に焼けた肌がスポーツ選手を思わせる。黒い髪は光の加減で藍色に光って見えた。

前世が日本人だったイリスにすると、少し懐かしく思える風貌だった。

こう、ゲーム配色キラキラ王子様に囲まれて生活していると、目に優しい気がする。ガリーナ殿下が自慢したくなるのも納得の凜々しさね。

思わずジッと見てしまい、デッカーに不思議そうな顔をされ、イリスは曖昧《あいまい》に笑って目をそらした。

「ヴルツェル王国には魔法がないため、不自由されることも多いと思います。困ったことがあったら私たちに声をかけてくださいね」

「頼りにしておりますわ。レゼダ殿下」

レゼダが外向きの顔でニッコリと笑えば、ガリーナも艶《あで》やかに微笑み返した。


ガリーナの留学もあってか、今年はイリスもカミーユたちと同じクラスとなった。

クリザンテム学園では、基礎的な授業以外は二年生から選択クラス制となる。自分の特性を生かし、より専門性の高い授業を受けることになるのだ。

魔力の強いレゼダとカミーユは主に魔導士と文官のクラスを選択し、武術の得意なイリスとニジェルは武官と文官のクラスを選択していた。

ガリーナはすべてのクラスを見てまわることになっており、今日は剣術の授業の見学にやってきた。イリスとニジェルは剣術のクラスを選択しているが、レゼダとカミーユは魔術のクラスに向かった。

剣術のクラスでは、腕に覚えのある男子たちが、護衛騎士デッカーとの対戦を申し出て、急遽《きゅうきょ》トーナメント戦が始まった。

勝者三人までがデッカーに挑戦する。もちろんイリスもニジェルもその三人の中に残った。

ガリーナはデッカーの活躍をまるで自分のことのように得意げに見ている。

イリスはデッカーに敗れてしまった。もうひとりの挑戦者も呆気《あっけ》なく負けてしまった。唯一、デッカーに勝つことができたのはニジェルである。

いつもイリスに負けているニジェルがデッカーを打ち負かし、イリスはショックを受けた。しかし、勝者であるはずのニジェルはまったく喜びもせず、逆に唇を固く結び、険しい顔をしている。

せっかく勝ったんだからもっと喜べばいいのに。ニジェルってば大きくなってからクールぶってるのよね。

ちょっと不満なイリスである。

授業が終わり、昼食の時間になる。イリスたちは微妙な空気のまま食堂へと向かった。

不機嫌なニジェルに、嬉々《きき》として話しかけるガリーナ。その後ろにいるデッカーは気まずそうな表情をしており、なにがなにやらわからないイリスである。

「ニジェル様は剣術が強くていらっしゃるわ！　さすがレゼダ殿下の護衛を任されているだけのことはありますわ」

「いえ、年が同じというだけです。正式なものではありませんので」

ニジェルが素っ気なく答えれば、ガリーナはさらに距離を詰めてくる。

「まぁ謙遜《けんそん》なさるのね？　わたくしのデッカーを打ち負かした騎士は初めてでしてよ？」

ガリーナの言葉にニジェルは不快そうに足を止めた。そしてガリーナの後ろに控えるデッカーを見る。

「ご配慮ありがとうございました。しかし、学園内では不要です。デッカー殿。王女殿下には真実をお話しします」

ニジェルはそう言うと、ガリーナに険しい顔を向けた。

「私がデッカー殿に勝ったのではありません。デッカー殿がわざと負けました。王子の護衛を皆の前で負かすことに抵抗があったのでしょう。その配慮が必要となる場もあるかと思いますが、学生同士として交流を深めるというつもりなら、今後そのような忖度《そんたく》は必要ありません」

ニジェルのきっぱりとした物言いに、驚いたようにガリーナは目を見開き、デッカーを見た。

デッカーは深々と頭を下げた。

「誠に申し訳ございませんでした」

頭を下げるデッカーに、ガリーナは満足したように頷《うなず》き、恋する乙女のような目でニジェルを見つめた。

「本当に素晴らしい方ですわ……ニジェル様」

ため息交じりのガリーナの言葉に、ニジェルはなにも答えずにツカツカと歩きだした。

イリスは色々と混乱中だ。

私、王子の護衛とか立場とか全然考えずに、今までニジェルに勝ってきた……。え、それって、どうなのよ？　よくなかったわよね？　それに、私、デッカーさんには完敗だった。ニジェルは手を抜かれていると感じないくらいには善戦してたわ。もしかして、私って……弱いの……？

ガーン、と頭の中に〝弱い〟という文字が落ちてくる。

イリスは侯爵令嬢でゆくゆくは妃になるのだ。護衛より強くなくてよいはずなのに、あさっての方向にショックを受けるイリスである。

スタスタと食堂を目指すニジェルに、まとわりつくように話しかけるガリーナ。

呆然《ぼうぜん》とするイリスにデッカーが声をかける。

「イリス嬢、大丈夫ですか」

デッカーの声に我に返ったイリスはデッカーの手を掴《つか》んだ。

「デッカーさん！　デッカーさんはニジェルより強いんですよね？　私に剣術を教えてください！」

「は？」

「ニジェルより、レゼダ殿下より強くなりたいんです！」

「それはお請けできかねます。私は王女の護衛ですので」

苦笑いされてイリスはシュンとした。

「そうですよね……」

「イリス‼」

厳しいニジェルの声が飛んで、イリスが顔を上げる。

「なにしてるの？　カミーユ嬢を待たせるつもり？」

ニジェルがイライラしたように言う。

ニジェルってば自分が早くカミーユたんに会いたいからって、怒りんぼ！

イリスはそう思いながら大人しく返事する。

「今行くわ」

デッカーと談笑しながらイリスは食堂へ向かった。

食堂では、カミーユとレゼダが向かいあい、席を取って待っていてくれた。イリスがカミーユの隣に座れば、自然とニジェルがレゼダの隣に、ガリーナはニジェルの隣を離れずに座る。デッカーはイリスの隣に腰かけた。

ガリーナはしきりにニジェルに話しかけている。ニジェルはそれを無表情にあしらっていて、イリスは少しハラハラとする。ニジェルの目つきがいつもとは違うのだ。緑の瞳の奥に、灰色の陰りが見える。

「レゼダ殿下、ニジェル様は素晴らしい剣の腕前でしたわ！」

「ニジェルは僕の自慢でもありますから」

「頼もしい友人ですものね？　シュバリィー侯爵家は勇者を輩出したことのある家系だとか？　我が国には魔法の概念がないので、勇者というものが今少しわかりにくいのですが」

「そうですね、この国では、人格が優れ武術にも秀《ひい》でる、そんな人物を勇者と呼びます」

「まぁ！　なんて素敵なのでしょう！」

キラキラとした目でニジェルを見つめるガリーナに、カミーユはチラチラと心配そうな目を向けている。

「もちろん由緒正しいご令嬢と婚約されているのでしょうね？」

ガリーナがそう笑った瞬間に、カミーユの顔が凍りついた。下町育ちのカミーユは、自分がニジェルには相応しくないと以前から気にしているのだ。

「婚約者はまだいません」

ニジェルは事務的に答える。

「よかったわ！　ニジェル様のご兄弟はイリス様だけでしたわね？」

ガリーナはイリスを見た。

「はい」

「フロレゾン王国は女性も爵位を継げまして？」

「今のところ継承権を持つのは男子のみです」

「まぁ！　古いのね！」

「たしかに！」

イリスとガリーナのやり取りにレゼダが苦笑する。

カミーユは俯《うつむ》き黙々と食事をしていた。ニジェルを婚約者候補にしたいという、ガリーナの意図をヒシヒシと感じ取っていた。

たしかに私より王女様のほうがニジェル様に相応しいもの。

カミーユはそう思い、顔が上げられない。知的で、美しい王女。つい最近まで下町で暮らしていた自分とはなにもかもが違う。

ニジェルはため息をついて立ち上がった。

「イリス、席を交換して」

不穏な声に戦々恐々として、イリスは立ち上がる。ニジェルはイリスがいた席に座ると、隣のカミーユの左手に手をのせた。

「ニジェル様……こんな、あの、マナーが……」

「ボクの前で、マナーなんて気にしなくていい」

イライラとしてきっぱりと言い切るニジェルは少し高圧的に見える。

カミーユの顔が真っ赤になっていく。見ているイリスも気恥ずかしい。

イリスは顔を覆いながら、ニジェルのいた席に座った。

「ニジェル……ここへ来て、ドS調教騎士爆誕とかやめてちょうだいよ……」

ぼそりとイリスが呟《つぶや》けば、レゼダが不思議そうにイリスを見た。

「どえす……？」

うわあ!?　レゼダの花びらのような唇に『ドS』などと言わせてしまった！

「あ、いえ、なんでもありません……」

目を泳がせるイリスである。

ガリーナはつまらなそうにニジェルを見た。

「ニジェル様は心の広いお方ですのね。でも、あまりマナーのなっていない方をそばに置くと、ご自身の評判を落としましてよ？　また、ニジェル様がかばえばかばうほど、この方は学ぶ機会を失います」

その言葉に周囲の空気が凍る。

まるで悪役令嬢のようなガリーナの物言いにイリスも固まった。

「……あの、ニジェル様、ごめんなさい」

カミーユがニジェルの手を振りほどいた。ニジェルが傷ついたようにカミーユを見る。

「私、明日からちゃんとひとりで頑張りますから……今日は……」

泣きだしそうな顔でカミーユは立ち上がり、食器を片付けに行ってしまった。ニジェルたちはなすすべもなくそれを見送る。

「どういうおつもりですか？　ガリーナ殿下」

レゼダがニッコリと微笑んで問うた。イリスにはその笑顔の後ろに怒りが見えていて怖い。

「どういうもこういうもありませんわ。レゼダ殿下ならおわかりでしょう？　あの方は今はアレでも将来的には外交を担うのでしょう。今のままでは心許《こころもと》ないではありませんか」

「私の友達にあまり失礼な言い方はやめてください」

イリスが言えば、ガリーナは意地悪く笑った。

「失礼。わたくしも学友として教えて差し上げただけよ？　あの程度で被害者ぶられてはわたくしのほうが心外でしてよ」

「！」

「それにイリス様、あなた、異国に慣れないわたくしのサポートをしてくださるのでしょう？

あの子ではなく、わたくしの」

イリスはガリーナのひと言でプツンと切れた。ガタンと立ち上がる。

それをレゼダが制した。

「イリス、座って」

レゼダの怒気を含んだ声に、イリスは驚きおずおずと座る。

レゼダに怒られた……。

シュンとするイリスである。

「ガリーナ殿下。ご教授ありがとうございます。説明が遅れましたが、我が国ではこの学園に在学中に社交やマナーを学ぶのです。ここには私を含め完璧な者などおりません。学生の過ちは大目に見ていただけると助かります」

「とはいっても、アレは次代の聖なる乙女なのでしょう？」

「おっしゃる通り〝次代〟のです。今学んでいるところです。ガリーナ殿下は各国の文化を学ばれるために遊学されているとか。文化の違いを初めから否定するのは学びの妨げになりませんか？」

「…………」

レゼダがあくまで友好的にニッコリと笑った。

ガリーナは悔しそうに口を噤《つぐ》んだ。

「ガリーナ殿下も慣れない土地での違いにはお困りでしょう？　言葉がわかることと気持ちを理解することは別ですから。無理せず頼っていただければ、私たちはいつでもサポートいたします」

レゼダはそれはそれは美しい顔で、ニッコリと笑った。すべてを許し受け入れる聖母マリアのような微笑みである。

「ありがとうございます。レゼダ殿下。わたくしも少し学びましたわ。わたくしの国とはスタイルが違うのね」

「はい。ご理解いただけて嬉しいです。やはり聡明だと名高いガリーナ殿下ですね」

「まぁ、レゼダ殿下ほどではありませんわ」

フフフ、ホホホ、などと笑いだし、イリスはチンプンカンプンである。

レゼダ、なんだか知らないけど、丸く収めたみたい。それに比べて私ったら、王女に喧嘩《けんか》を売ろうとしてしまった……。

ズーンと落ち込むイリス。

早くこの場から立ち去りたいとイライラするニジェル。

デッカーは無言のまま、語らうガリーナとレゼダを眺めていた。

ガリーナの部屋は女子寮内の特別室だ。寝室とリビング、小さなキッチンとバスルームがあり、従者用の部屋と繋がっている。本来女子寮には男性は立ち入れないが、デッカーは王女の護衛として、特別に女子寮での生活が許されていた。

ガリーナは相変わらずカミーユの不足を指摘する。といっても、昨日のやり取りで学んだのか、男子の前では猫をかぶり、女子の前ではやりたい放題だ。

「カミーユ様は一歩下がりなさい」

ツンとガリーナが言えば、大人しくカミーユは一歩後ろに下がり、デッカーの隣に立つ。

「ガリーナ殿下！」

イリスが注意しようとすれば、カミーユは頭を左右に振ってニッコリ笑った。

「イリス様、大丈夫です。私、昨日反省しました。ガリーナ殿下のおっしゃったことは正しいです。チャンスだと思って勉強したいと思います！」

フン、とガッツポーズをするカミーユ。

「カミーユたん……」

さすがヒロイン、健気《けなげ》で可愛い。

その素直で前向きな姿に、思わず胸キュンするイリスである。

「とのことよ、イリス様」

ガリーナに流し目で笑われて、イリスはグヌヌとなる。

デッカーが申し訳なさそうにペコリと頭を下げて、イリスは小さくため息をついた。

そうよ、ガリーナ殿下はひとりで心細いのよ。レゼダの言う通り、文化の違いだってあるし。とりあえずカミーユたんのケアはあとですることにして、喧嘩じゃなくてフォローよ、フォロー！

イリスはそう思い直して、ガリーナのフォローに回るよう自分に言い聞かせた。

ガリーナは王女として育ったためなのか、無意識に周囲を見下すところがあった。レゼダ以外の生徒は彼女より身分が低いと見なし、その身分差を自覚させるためマウントを取るのだ。

しかし、フロレゾン王国はそもそも身分差に対してそれほど厳しくはないため、浮いていた。

また、科学技術の発展しているヴルツェル王国から見ると、いまだにおまじないに頼ったりするフロレゾン王国は、未開の文化に見えるのだろう。自国では当然のように使っていた道具がないことをあからさまにバカにしたりするのだ。

その上、ガリーナは歯に衣《きぬ》着せない物言いで軋轢《あつれき》を生みやすく、イリスはヒヤヒヤしながらもフォローして歩く。

カミーユは放課後に祈りの塔へ学びに行くことが多いので、プライベートの時間は基本イリスが面倒を見ることになっていた。ガリーナが起こしたトラブルをイリスが間に入って取りなす。ガリーナは男子の前では猫をかぶっているために、レゼダに助けを求めることもできない。

今のところは、トラブルになった相手も「イリス様が言うのなら……」と矛《ほこ》を収めてくれているのだが、それがいつまで続くのかイリスにはわからなかった。

ううう……。胃が痛い。私、こういうの向いてないのよ？

イリスにとって、サポートはあまり経験のない分野で苦手意識がある。しかし、護衛のデッカーはガリーナの無理難題をこともなげに解決してみせる。今もガリーナがどこかに置き忘れた〝アレ〟を取ってこいと命じられたところだった。ガリーナの言う〝アレ〟は日傘だったりノートだったり、ときにはリボンだったりする。それでも、デッカーは間違うことなく希望のものを持ってくるのだ。まさに阿吽《あうん》の呼吸である。

「ガリーナ殿下は本当にデッカーさんが好きですよね」

イリスがしみじみと嘆息すれば、ガリーナは顔を真っ赤にしてギッとイリスを睨みつけた。

「バカなことを言わないで！」

珍しく我を失うガリーナの姿にイリスは戸惑う。

「違いました？」

「もう部屋にお帰りになって！　あなたとは口をききたくないわ！」

すごい勢いでガリーナに追い出されたイリスである。

怒らせるようなことは言ってないと思うけど……。ガリーナ殿下の怒りのポイントがわからない。

自分の部屋に帰ってからひとりグッタリとするイリスであった。

3　ドS調教騎士爆誕⁉

そうして数日、ニジェルとカミーユの間がなんだかギクシャクしはじめた。

ニジェルのそばにはいつでもガリーナがつきまとい、カミーユとふたりで話す時間がとれないのだ。

一歩下がって歩くカミーユは自然とデッカーと話をすることが多くなる。デッカーも、自分の主人がつらく当たる少女に同情しているのだろう。カミーユに優しく接する。傍目《はため》からもふたりは親密になったように見えた。

ニジェルにしたらおもしろくない。『カミーユがニジェルを受け入れたのは、イリスの手前断れなかっただけだろう』という誰かの言葉が、ニジェルの心に棘《とげ》のように引っかかっていた。誰が言ったのか、いつ聞いたのか、もう忘れてしまった。直接ニジェルに向けられた言葉ではなく、通りすがりに耳が拾っただけだ。信じる根拠のない噂話。それなのに、その言葉を思い出すたびにニジェルの心は灰色に蝕《むしば》まれる。

イライラとするニジェルの視線に狂気を感じ、イリスはなんだかドキドキとする。

せっかく、ドS調教騎士ルートのフラグを折ったと思っていたのに！　折れきれていなかったの？

今日もカミーユを見かけるなり、ニジェルは彼女の肩を抱いた。戸惑うカミーユをあえて無視しているのがわかる。

「ニジェル様はレゼダ殿下の護衛ではないようですわね」

ガリーナが嫌みったらしく小さく笑ってみせる。

ニジェルが抜身の剣のように目を光らせ、ガリーナを睨《にら》む。ゾッとして一歩後ろに下がったガリーナをかばうように、デッカーが間に立つ。

「あ、あの、ニジェル様、ダメです」

カミーユが自分の肩を抱くニジェルの腕をそっと下ろした。

ニジェルがすうっと目を細めてカミーユを見た。

「デッカー殿をかばうのか」

低い声にカミーユは顔を青ざめさせた。イリスもゾッとする。レゼダは小さくため息をつく。

「違いますっ。私、このままじゃ、ニジェル様に相応しくない」

「そんな言い訳でボクを遠ざけようとしてるんだね？」

「ちがっ！」

ニジェルはカミーユの手を強引に取って、指と指を絡ませ強く握る。

「ニジェル様、いたい……」

「こうやったらもう離れなければいいのに。いっそ離れられないように鎖で繋げてしまおうか」

涙目になるカミーユを見て、ニジェルがうっすらと笑う。

「すとーっっぷ！　ストップ！　ステイ‼　ニジェル‼」

イリスが大声で叫び、ニジェルとカミーユの手を引き離した。

「イリス、邪魔するの？」

ニジェルが不穏な目でイリスを見た。イリスはギョッとする。

なんか、目つきがやばい。漫画の病み系キャラクターみたいに瞳孔《どうこう》開いちゃってるし、目の奥、灰色のグルグルが見えるんだけど？　これ目を覚まさせるのって、私しかできなくない？

「するわバカー‼」

イリスは叫ぶなり、ニジェルに回し蹴りを見舞う。

「っは⁉」

ニジェルは肩に蹴りをまともに食らって、盛大に倒れた。

「え⁉　やだ！　なんで避けないの⁉　ちょっと、ニジェル‼」

普段だったらニジェルが回し蹴りなど受けるはずもない。ヒラリと華麗にかわすのがお決まりで、イリスにしたらちょっとした脅しのつもりだったのだ。

避けるはずだと見込んでいたのにまともに命中してしまい、イリスは動揺した。慌ててニジェルを抱き起こす。

プシュと空気の抜けるような音がして、ニジェルの頭の上から灰色の煙が抜けて出た。まるで魂《たましい》が抜けたようだ。

「ごめんね、ニジェル、死なないで！」

イリスの叫びにニジェルが力なく笑った。

「この程度じゃ死なないよ、イリス」

イリスはホッとする。その顔からはダメージを感じられない。不意打ちで驚いたといったところだろう。

イリスは周囲の視線を感じてハッとした。

「あの、弟がお騒がせしました。シュバリィー姉弟は次の授業をサボります！」

イリスはそう宣言し、ニジェルの首根っこを掴み、引きずった。

「行くわよ！　ニジェル」

「どこへ？」

「いいから！　重いっ！　ニジェル歩きなさい！」

イリスが怒鳴り散らす。

「理不尽……」

ニジェルは渋々といった様子で立ち上がる。イリスはその背中を押して、どんどんと進んでいく。

ガリーナは呆気にとられ、ニジェルとイリスを見送った。

「ニジェル、正座！　正座しなさーい‼」

イリスの言葉に、ニジェルは素直に正座した。素直に聞かなければ、もう一度回し蹴りでもされそうな勢いだ。

ニジェルは素直に従いつつ、不満はきちんと伝える。

「なんなの、イリス。イリスには関係ない」

「関係あるわよ！　カミーユさんは私の妹になるんだから！　全力で幸せにするんだから！」

フウフウと肩を怒《いか》らせて、ニジェルを睨むイリスである。

ニジェルはイリスを見て呆気にとられる。

「イリスは、カミーユ嬢が妹になってほしいと思ってる？」

「思ってるわよ！　当たり前じゃない」

「父も母も婚約はまだ早いと言っている。カミーユ嬢自身もボクには相応しくないって」

沈んだ顔で俯くニジェル。

「しつけの行き届いていない今の状態ではシュバリィー家と婚約できないって、サド伯爵が仰《おっしゃ》ってるの。だからね、カミーユさんはニジェルに釣りあうために今頑張ってるの！」

イリスの声にニジェルが顔を上げた。

「ガリーナ殿下に厳しく注意されたって、一生懸命、一生懸命、ニジェルのために頑張ってるのに、なんでニジェルが信じないの！　ニジェルのバカー‼」

イリスの言葉に、ニジェルは頬を赤らめた。イリスはスパコンとニジェルの頭を叩く。

「なに顔赤くしてるのよ！　ヘラヘラなんかしないでよ！　ニジェルがそんななら、私がカミーユさんを幸せにするんだから！」

「ごめん、イリス。それはダメ」

ニジェルが小さく笑った。

「……ニジェル、カミーユさんとちゃんと話して？」

「うん」

「鎖とか……束縛なんかしちゃダメよ」

「……でも、彼女は人気なんだ……誰かに取られてしまう。毎晩そんな夢を見る」

うつろな瞳のニジェルに、イリスはゾッとする。

このままでは本気で本当に〝ドＳ調教騎士爆誕‼〟しちゃう！

イリスは両手でムギュッとニジェルの頬を挟み込んだ。

「無理やり繋ぎ止めることに意味はあるの？」

ジッと緑色の瞳を覗き込む。彼らしくない曇った目をしている。夢うつつのような焦点の合わない目。まるでゲームの『愛の鎖』ルートのニジェルそのものだ。

いったいいつからニジェルはこんな目をしてたの？

イリスは双子でありながら気がつかなかった自分が悔しかった。ニジェルのほっぺたを引っ張る。

「ニジェル、目を覚まして」

「…………」

「そこに心がなくてもいいの？　だったらそっくりな人形でもそばに置きなさい」

「違う。彼女じゃなきゃダメだ」

「そうよね？　だったら、カミーユさん自身にそばにいたいと思われるようにならなきゃ」

「……どうしたら、いい？」

力なく目をそらすニジェルを見て、イリスは頬から手を離した。

まったく見た目は立派な騎士様なのに、まだまだニジェルはお子様ね。

自分のことは棚に上げるイリスである。

「ちゃんと話したほうがいいわね。まずは、ニジェルの気持ち」

「……でも、話す時間がない。いつも学園内ではガリーナ殿下がそばにいて、放課後は祈りの塔へ行ってしまうから」

「デートに誘ったらいいじゃない。手紙、預かってあげるわよ？」

イリスの言葉にニジェルが顔を輝かせた。灰色の陰は瞳から消えていた。

「イリス、ありがとう」

イリスは暗い陰がなくなったニジェルの様子にホッとする。

それからイリスはニジェルの手紙を預かって、寮へ帰ってカミーユに渡した。

組み紐《ひも》で結ばれたあからさまなラブレターを、カミーユは顔を真っ赤にして受け取った。そして、同じく組み紐で結ばれた手紙をイリスの部屋へと持ってきた。

「イリス様、これをニジェル様に」

「ええ、たしかに預かったわ」

「お手数をおかけしてごめんなさい」

「ニジェルはなんて？」

イリスは手紙の中身を知らないのだ。カミーユはイリスの質問にポッと頬を赤らめた。

「あ、の、デート、に誘われ、ました」

キョロキョロと視線をさまよわせ、恥ずかしそうに頬を押さえる。

「よかったわね」

イリスは微笑ましく思い、ニヨニヨと口元がほころんでしまう。

「でも、本当は私より、ガリーナ殿下のほうが相応しいのでは……」

カミーユの言葉にイリスはキョトンとした。

「え？　どうして？」

「だって、王女様で、綺麗で、頭もよくて……。ヴルツェル王国の王女様とこの国の男性が結ばれたら、きっと国のためになりますよね。それにガリーナ殿下もニジェル様を婚約者にと望まれているのではないかと思うんです……」

「そうなの!?」

驚くイリスである。なにしろ、イリスは恋愛ごとに疎《うと》いのだ。

でもでも、ガリーナ殿下とデッカーさんて両想いに見えるけど、違うの？　そういえば、ジャス様もガリーナ殿下が婚約者候補を探しに来ているって言ってたわ……。

「あの、見ていればバレバレだと思うんですけど……」

カミーユはイリスを見て苦笑いした。

「でも、ニジェルはカミーユさんが好きなんだもの。そんなの関係ないわ」

イリスの言葉にカミーユは顔を真っ赤にした。

「ニジェル様が……私を好き」

カミーユが噛みしめるように呟く。

「え？　手紙に書いてなかったの？　あの子、バカなの？　大丈夫なの？」

「い、いえ！　大丈夫です！　あの、書いてありました！　ニジェル様はバカじゃないです!!」

カミーユが必死に弁解して、イリスは少しおかしかった。

「そもそも、うちは爵位を継げるのがニジェルだけだもの。他の国に行くなんて考えられないわ。心配しなくていいのよ」

カミーユの背中を勇気づけるようにパンと叩く。

「はい！」

カミーユは紅潮した頬のまま、キラキラとした目でイリスを見上げた。

うん、カミーユたん。やっぱり可愛い！

その後、ニジェルとカミーユはイリスを通じて文通をするようになった。思うように話せない日々を手紙で埋め、週末にはデートをしているらしい。

この間はおそろいのアクセサリーを買ったのだと見せてくれたのだが、それが猫のシルエットが描かれたペンダントでイリスはゾッとした。

これって……ゲームの『愛の鎖』ルートのアイテムなんですけど⁉　大丈夫よね？　ニジェル、大丈夫よね？

イリスは心配になりながらも、幸せそうなふたりを見守ることにした。

ニジェルとカミーユが絆《きずな》を結び直したころ、ガリーナは焦りを感じていた。この留学期間中にできれば婚約者候補に目星をつけておきたいと思っていたのだ。

ガリーナの国では、より優秀な王女が女王となる。もちろん婚約者の優秀さも王女の力として加味されるのだ。三姉妹の長女であるガリーナは、女王になるのが夢であった。そのためには誰よりも素晴らしい婚約者を手に入れる必要があるのだ。

ニジェルはその中でも候補者に一番近い存在だった。第二王子の側近で、勇敢なる騎士の家系。剣の腕前もたしかで、見た目も申し分なく男らしい。爵位継承の問題はあったが、イリスの婚約者レゼダが爵位を継げば、王家にとっても侯爵家にとっても喜ばしいことだろう。

リラの木陰で、ガリーナとデッカーは手を繋ぎ歩くふたりの恋人たちを眺めていた。カミーユとニジェルである。

ガリーナは眩《まぶ》しげに目を細めてから、足元の影に視線を落とした。地面に落ちた白い花びらが、日陰のせいで灰色にくすんでいる。

「ガリーナ殿下」

柔らかな声に顔を上げれば、眠そうな顔で微笑むジャスがいた。

ガリーナは無言でジャスを見上げた。この学園でガリーナと気さくに話すのは、レゼダたちとジャスだけだった。

「ご機嫌麗しく……なさそうですね」

「あら？　よくおわかりね」

ガリーナは素っ気なく答える。デッカーは静かにふたりのやり取りを眺めていた。

「ニジェルは諦めたほうがよさそうですよ」

ジャスのひと言にガリーナが薄く笑う。

「なんのことかしら？」

「婚約者候補でしたら、レゼダ殿下が相応しいかと」

「あの方は婚約者がいるのでしょう？　婚約者のいる方から奪うなどありえないわ」

「まだです」

「？」

「まだ正式な婚約はしていないんです。ふたりは幼なじみで仲がよいと有名ではありますが、恋愛感情があるようには見えないそうですよ」

ジャスはガリーナを見て微笑んだ。

「レゼダ殿下は第二王子であらせられます。ガリーナ王女とも釣りあいがとれましょう？　そしてご存じの通り、彼は美しく聡明だ。ヴルツェル王国と姻戚関係を結べるとなれば、フロレゾン王国としても優先するでしょう」

「弱い男は嫌いですの」

「ニジェルに剣の遅れはとっているかもしれませんが、それでも学年で三本の指に入ります。しかも魔力なら今の学園内に彼を凌《しの》ぐ者はいません。ニジェルより強い」

「…………」

「ガリーナ殿下の国には魔法がない。欲しくはないですか？　女性としての格は申し上げるまでもなく、彼女よりガリーナ殿下が上です」

ガリーナは、暗にイリスよりも優れているという言葉に満足した。この学園に来るまでは、どこへ行っても美しいと褒めそやされてきた。自分でも自信があったのに、ニジェルにはそれが通用せずプライドが傷つけられていたのだ。

この国に来てからなぜか嫌な夢を見る。妹たちが女王になるなんてまだ今は考えられないのに。これがホームシックなのかしら。らしくないわね。

ガリーナは考えるように俯いて、ひとつため息をついた。吐息にジャスミンの香りが混じる。

夢見が悪いせいなのか、よく眠れないのだ。そのせいかイライラもする。

ガリーナはゆっくりと顔を上げ、上目遣いにデッカーを見る。デッカーはガリーナの視線を受け流すように遠くを見た。そのことにガリーナの胸はチクリと痛んだ。

どうせ、デッカーは私が誰と結婚しても平気なのよ。みんな、私の気持ちなんか気にしないわ。

「……そうですわね。結婚に愛など求めていないのですから、条件がよいほうを選ぶまでね」

「賢明なるご判断です」

ジャスはニッコリと頷き笑い、ガリーナに背を向け去っていった。

「殿下、あのような者の意見に耳を貸されるのですか」

デッカーはガリーナに声を小さくして尋ねる。突然の距離の近さに、ガリーナの胸がドキリと音を立てる。

「別にあの方の意見を聞くわけではないわ。でも、ニジェル様は潮時でしょう？」

ガリーナの視線の先には、手を繋ぐニジェルとカミーユがいる。デッカーは頷いた。

「しかし、レゼダ殿下はイリス嬢と……」

「幼なじみ同士で親が決めた婚約など貴族ではよくあること」

「私には幼なじみ以上に見えますが」

「誰がお前に意見を求めた」

ガリーナはデッカーを睨みつけた。デッカーは口を噤む。

「わたくしはヴルツェル王国の第一王女。ゆくゆくは女王になる者よ。結婚に私情など挟むことはできない。国にとってより有益な相手と結婚するのみ」

ガリーナは自分自身に言い聞かせるようにはっきりと言い切った。

「しかし、それで殿下は幸せになれるのですか？」

「わたくしの幸せより国民の幸せが優先される。当たり前のことでしょう」

凛《りん》として言い放つガリーナの姿を、デッカーは切なく思う。

この王女は幼いころから、女王となるべく教育を受けてきた。多くの男を魅了できるだけの知性と美しさを両立せよと育てられ、結婚に甘い夢など見ないのだ。

しかし、愛などいらぬと切り捨てるその姿を痛ましく思う。か細い体で国を思い、国民を背負い、自分の恋を諦める彼女を守ってやりたいと思うのだ。

しかし、それは忠誠心なのだとデッカーは自分に言い聞かせてきた。

デッカーは平民出身のたたき上げの騎士だ。デッカー家はなぜか人よりも体が強い。病気も怪我もしにくかった。そんな強靱《きょうじん》な体を武器にして、代々傭兵《ようへい》として身を立ててきた一族だった。

まかり間違ってもガリーナを想うことは許されない。それは彼が一番よくわかっていた。

ふたりの間にリラの花びらがホロホロと落ちる。

デッカーは思わず空を仰いだ。

4　妖精が見える？

ここは王宮の私的な庭である。藤棚の下に、テーブルと椅子が四脚。そこにはレゼダとガリーナが座っていた。ふたりの間を爽《さわ》やかな風が通り、頭上の白い藤の花を揺らしている。

ガリーナは学園内では着用を控えている豪華なドレス姿だった。胸元が大きく開いたデザインは、ヴルツェル王国で流行《はや》っているものだ。白い肌に藤の花の影が落ちてなまめかしい。その胸元には、ヴルツェル王国自慢のレースがふんだんに施されている。最新技術で作られたレースは、どこのものよりも薄く繊細で、色鮮やかなプリントがされている。ガリーナはレゼダに見せつけるようにそのレースを引っ張ってみせた。

「最近ではこのレースの技術もずいぶん進みまして、このように細やかな印刷ができるようになりました。遠慮なさらずもっと近づいてご覧になって？」

レゼダは社交用の笑顔で答える。

「美しいですね。きっとガリーナ殿下を中心に我が国でもこれから流行するでしょう」

レゼダはすっかり疲れていた。

先ほどまでは同じ席にイリスとデッカーもいたのだが、ふたりで席を外してしまったのだ。

今日は、一か月後に行われるヴルツェル王国とフロレゾン王国の親善お茶会についての打ち合わせをしていた。ガリーナ王女がよりよい学生生活を送れるよう、学園の生徒たちや使節団など幅広い人々を招き親善を深めようと企画されたのだ。公式行事ではなく、あくまでレゼダとガリーナの主催するプライベートなお茶会という形で、あまり格式張ったものにはしないことにした。

打ち合わせもあらかた済んだところで、イリスとデッカーは庭へと散策へ行ってしまった。

きっかけはガリーナのひと言だった。

『わたくし、留学はフロレゾン王国が一国目ですの。他国の方と王族同士のお話がしてみたいですわ』

ガリーナは意味深な目をイリスに向ける。

すると、イリスは合点がいったように微笑んだ。

『では、私は席を外しますね』

そう言って、さっさと席を立ってしまったのだ。

『イリスはゆくゆく王族になるんだから席を外す必要はないよ！』

レゼダが慌てて呼び止めると、イリスはケロリとして笑った。

『でも、今は王族ではありません』

『イリス様のおっしゃる通りね。では、代わりにデッカーの相手をしてやってください』

『わかりました！　デッカーさん、王宮のお庭を案内しますね！』

イリスはそう笑ってデッカーと行ってしまったのだ。

でも、それにしたって……。イリスはさっぱりとしすぎじゃない？

レゼダはズーンと暗くなる。

イリスは、僕がガリーナ殿下とふたりきりになっても気にならないのだろうか……。

そう落ち込みつつ、目の前のガリーナの相手をしなければならない。

レゼダは気持ちを引きしめた。

「やっと邪魔者がいなくなりましたわね」

ガリーナの切り出し方にレゼダは内心ムッとしつつも、表情には出さず、ニッコリと微笑み返した。

「僕は愛《いと》しい人がいなくなり寂しい限りです」

「あちらの方はそう思ってなさそうですけれど」

ガリーナはチラリとイリスに視線を向ける。庭にいるイリスはデッカーに微笑みかけていた。

「そうですか？」

「イリス様は殿下とわたくしがふたりきりになることをまるで気にしていない様子。とても深い信頼があるのか、はたまた興味がまったくないのか……。恋人としては嫉妬のひとつくらいしてほしいものですわね？」

レゼダはあくまで笑顔を崩さない。

「なにを仰りたいのかわかりかねますね」

「わからない？　わかりたくないのではなくて？　イリス様にとってこの婚約は喜ばしいことなのか疑問に思いましたの。自由で伸びやかな方ですもの。王家のしきたりなど窮屈で、あの方の魅力を損なってしまうのではと」

「僕は気楽な第二王子ですから、ご心配はいりません」

「そう、第二王子ですものね」

ガリーナの赤い目が輝いた。

「ヴルツェル王国との友好のために、わたくしをもう少し知っていただきたいのです」

突風が頭上の藤の花を揺らした。風になぶられ、白い花びらがポトポト落ちる。

レゼダは思わず髪を押さえた。ガリーナの言葉は聞こえていたが、あえて聞こえていないふりを装って曖昧に笑ってみせた。

自由なイリスにとって僕と婚約は望ましくない？

レゼダには、少し強引なやり方で婚約を了承させたという罪悪感がある。彼はイリスの背中に視線を向けた。

ミントグリーンの巻き髪はいつも通り、ピョコピョコと揺れて機嫌がよさそうだ。

機嫌がよいのはいいことだけど、なんだか寂しいな。

レゼダは自分以外の男と楽しそうに過ごすイリスを見て、小さくため息をこぼした。

（イリスー、レゼダは？）

イリスの髪の中から小さな妖精が声をかけてくる。王宮内は保護されている妖精たちも多く、草木の間に隠れイリスをうかがっていた。

イリスはデッカーと並び、花壇の花々を説明していた。妖精が見えないデッカーの前では、妖精に答えることはできない。聞こえないふりをしてやり過ごす。

「こちらは歴代の王妃様が研究された紫陽花《あじさい》です」

早咲きの紫陽花が蕾《つぼみ》をつけている。虹色に輝く蕾はそれだけでも美しい。

「見事なものですね。虹色がひとつの花に！　これは見たことがありません」

（ねぇ、イリス！）

「百年かかって品種改良をされたそうです」

「品種改良ですか」

（ねぇ、ねぇ、イリス！）

イリスが妖精の声を無視してデッカーに説明をしていると、妖精がイリスの髪を引っ張った。その瞬間、デッカーが妖精を捕まえた。そして、虫でも殺すように潰そうとしたので、イリスは慌てて彼に取りすがった。

「やめて！」

デッカーはキョトンとする。

「見えるのですか？」

デッカーに聞かれ、イリスはコクコクと首を縦に振った。

妖精がデッカーに噛みついて、フーフーと毛を逆立てている。デッカーは意にも介さない。

「イリス嬢に害をなしているように見えます」

「友達なの！」

「友達……これが？」

イリスは、デッカーが妖精を握っている手をこじ開け、無理やり妖精を奪い取った。手のひらの中に優しく囲い込む。

やばい！　妖精を怒らせると怖いのよ‼

他国の護衛騎士が妖精を殺したとあっては大変だ。以前、貴族の一部が妖精の長の悪口を言ったばかりに、魔導宮ストライキを敢行《かんこう》されたことがある。悪口でストライキなのだ。実害があったらなにが起こるかわからない。

「妖精ちゃん、大丈夫？　ごめんなさいね？」

「やーだ！　いたかったもん！　びっくりしたもん！　ゆるさないもん！」

「彼は妖精の勉強をしてないの」

「そんなのしらないもん！　みえるのにおしえないほうがわるいもん！　まどーしがわるいも

ん！　おーさまがわるいもん！」

妖精の言葉に、ゾゾゾと背筋が凍るイリスだ。

「ごめんね？　ごめんね？　なんでもするから許して？」

「なんでもする？　イリスがする？」

涙目の妖精がキッとイリスを見上げてくる。

「うん、なんでもするわ」

「お菓子ちょうだい？　フワフワの白い粉がいっぱいついてるやつ」

「マシュマロね？　いいわ、たくさん用意するわ」

「アーンしてね？　イリスがアーンしてね？」

「うん、うん、わかったわ。ジュースも準備するわね」

「でね、でね、一日ぼくだけ一緒なの、いい？　他の子ダメよ？　ソージュさまもダメ！」

「もちろんよ！」

妖精はニシシと満足げに笑ってから、イリスの肩にちょこんと座ってデッカーを指さした。

「で、あいつ！　謝らせて‼」

「デッカーさん、申し訳ありませんがこの子に謝罪していただけませんか？　私の大切な友人なのです」

妖精のことは秘密なのだ。どこまで他国の人間に話してよいのか、イリスには判断がつかなかった。事情がうまく話せないのに納得してもらえるか不安を感じながら、イリスは深々と頭を下げた。

デッカーは胸に手を置き、深々と頭を下げた。

「イリス嬢の小さなお友達よ。こちらこそ誠に申し訳ないことをしました。無知ゆえの無礼をお許しください」

デッカーはなにも聞かずに謝罪した。従者としての経験や、大人の余裕もある。踏み込んではいけない部分があることも理解しており、事情を聞かずに暴力を振るうのは無礼だとわかっていた。

誠意あるデッカーの態度に妖精は気をよくし、鼻から息を出しながら「うむ、ゆるす」とふんぞり返る。

それを見て、デッカーは穏やかに笑った。

寡黙《かもく》で真面目なデッカーが見せる微笑みに、イリスは親しみを覚えた。

「デッカーさんには妖精が見えるのですね？」

デッカーはイリスの問いに頷いた。

「妖精というのですね……。私の国でもごく稀《まれ》に彼らのようなものを見たことがありました。しかし、周囲の人々に尋ねても誰も見えないと言うのです。嘘や幻だと笑われるばかりなので、私はずっと見て見ぬふりをしてきました。ですが、先ほどはイリス嬢に害をなしているように見えたため、反射的に……怖い思いをさせてしまいました」

「こわくないもん！　びっくりしただけだもん！」

「そうですね、驚かせて申し訳ございません」

デッカーが大人の余裕で微笑めば、「わかればいいよ」と妖精が唇を尖《とが》らせた。

「この国はよい国ですね。目に見えぬものまで認め尊重し、仲良くできる。素晴らしいと思います」

デッカーの言葉に、イリスは頷く。

「私もそう思います」

「おまえ、いいやつだもん」

そう言ってイリスの肩から妖精が飛び上がり、デッカーの頭をポンポンと叩いた。

「おまえ、デッカー、だいじょうぶだ」

妖精がフフフと笑う。

「デッカーはだいじょうぶ！」

妖精はそう言うと、空に溶けるように消えてしまった。

イリスは、深くため息をつく。

「……なんだか知らないけど、よかったのかしら？」

そこへレゼダが血相を変えてやってきた。

「イリス！」

遠目で見ていたレゼダには、デッカーがイリスの髪に触れたように見え、イリスがデッカーの手を取ったように見えていたのだ。

「レゼダ、ちょうどよかったわ」

しかし、あっけらかんとした様子のイリスに毒気を抜かれた。

イリスはガリーナがゆっくりとこちらに向かってきていることを確認し、レゼダの耳元に唇を近づける。レゼダはその不意打ちに、ボッと頬が熱くなった。

妖精のことは秘密なのだ、ガリーナに教えてよいのかレゼダに確認したかった。コソコソと先ほどのあらましを口早に説明する。

レゼダはデッカーに妖精が見えると聞き、目を見張った。

「本当ですか？」

レゼダの問いにデッカーは頷き、妖精に噛まれた痕《あと》を見せる。

「これは……誠に申し訳ない」

「いえ、私が手を出したため。こちらこそ申し訳ありませんでした」

「そしてこのことはどうか内密にしていただきたいのですが」

「ガリーナ殿下にもでしょうか？」

「信じられない人も多いのです。どこまでお伝えしてよいのか僕には判断できないので、正式な回答が出るまで秘密にしてもらえませんか？」

「わかりました。心当たりがございます」

デッカーは苦笑いをしつつ快諾した。デッカー自身子供のころ、不思議なものが見えることを話し、周囲から嘘つき呼ばわりされた経験があった。そのため、今まで見て見ぬふりを貫いていたから理解できる。見えないガリーナに伝えたところで、信じてはもらえないだろう。

ゆったりと歩いてきたガリーナが合流する。

「イリス様とデッカーは親密になられたようですね」

嫌みっぽいガリーナの言葉に、デッカーは体を硬くした。赤い瞳が彼を睨んでいた。

ガリーナの機嫌を損ねていることに気がつかないイリスは朗らかに笑う。

「そう見えましたか？　嬉しいです！」

ガリーナは言葉を失い、レゼダの瞳は暗く沈んだ。


それからデッカーの件は魔導宮に報告された。そして、デッカーは妖精について学ぶことが許された。

妖精の存在について、フロレゾン王国では秘匿《ひとく》とされている。クリザンテム学園では魔道士のクラスを選択した者にだけ、口外してはならないという条件のもと教えられるが、詳しいことは、上級魔導士や聖なる乙女、もしくは妖精を見た者にのみ伝えられるのだ。

そんな事情もあり、妖精についてはイリスがデッカーに教えることになった。しかし、ガリーナの手前、デッカーだけを呼び出すことはできない。ガリーナには妖精の存在を隠しつつ、デッカーに教えるという難題をイリスは与えられたのだ。

「人の体には魔力があります。微弱なものから強大なものまで、種類や量は様々ですが、どんな人も持っています」

まずは魔力の説明から始めたイリスである。

「どんな人も？　わたくしたちのように他の国から来た者も？」

ガリーナが疑いの目でイリスを見る。

まぁ、私は魔力がゼロなんだけど、例外を言いだすと説明しにくいから。

「はい」

「信じられないわ」

ガリーナの言葉はもっともだと思う。前世の記憶を思い出したとき、イリスも少し戸惑ったからだ。イリスはどう説明すればよいのか考えた。

「静電気はご存じですか？」

「琥珀《こはく》をこすると埃《ほこり》がつくという……？」

「そうです。人間も金属などに触れるとたまにパチンッてなりますよね、あれは人体に溜まった静電気です。静電気のように目には見えない力が、人間の体の中にあるんです。それを魔力と呼んでいます。たくさん魔力を持っている人は、パチンが大きくなると考えてください。そして、魔力が大きい者はパチンをコントロールするために、魔法を学ぶんです。不用意にパチンとすると、本人も周りの人も痛いですから」

「なんとなくわかったわ」

「大きな魔力を持ち、それらをうまくコントロールできるのが、宮廷魔導士様や、祈りの塔の聖女様たちになります。この方たちは、さらに特別な魔力の塊《かたまり》を見ることができるんです」

妖精はしばしば〝魔力の塊〟にたとえられる。イリスもその前例に倣《なら》った。

「魔力の塊」

「美しく、清らかで、魔力の多い場所に集まります。基本的にはよいものなのですが、人の醜い心が嫌いでときに暴発します。大きな力の場合、大きな災害になります」

「そんな恐ろしいもの、なぜ放っておくの？　見える者が消してしまえばよいのでは？」

ガリーナが眉をひそめる。

イリスは苦く笑う。

ゲームの世界も考え方は前世とそう変わりはないのよね。自分にとって害なら、全体のバランスを考えずに駆逐《くちく》する。そうやって、どれだけの生き物が絶滅したのか。だから、妖精の存在は秘密にするしかない。

「フロレゾン王国の前の王朝はその方針を推し進め、滅亡しました。人の力では魔力の塊をすべて消すことはできませんし、魔力の暴発は止められません。天災と同じように受け止めるしかないんです」

イリスが静かに答えると、ガリーナとデッカーは顔を青くして言葉を失った。

「それに基本的にはよいものなんです。魔力の塊があるだけで、自然に周りの魔力が浄化され、綺麗な魔力が空気中に増えるんです。そもそも、人が嫌いなので人の多いところにはあまりありませんし、暴発するのは稀です。メリットとデメリットを考えて、共存するメリットを取っています」

「綺麗な魔力が増えるとどうなるの？」

「魔法が使いやすくなります。ただ、魔力の塊だけに魔力の浄化を頼っていると、綺麗な魔力のある場所に偏りが出ます。また量も足りません。祈りの塔での儀式では、この綺麗な魔力を増やし、国中に循環させるんです。使われ汚れた魔力を祈りの塔に集め、清浄化する魔法で魔力を清め、また国に返すんです」

イリスは説明しながら思わず笑う。

こう説明すると、祈りの塔って大きな空気清浄機みたい。

「それでフロレゾン王国には魔法が発達しているのね」

「はい。そしてデッカーさんには、その魔力の塊が見えているんです。この国でも珍しい能力です。ただし、その魔力の塊は扱いを誤ると暴発します。魔力の塊がありそうな場では醜い発言は控えてください。間違っても、触れたりしないでください」

ガリーナはデッカーを見た。

「デッカー、今もその塊はある？」

「はい、ここに」

デッカーはイリスの巻き髪を指さした。ガリーナが目を凝らしてみると、イリスの巻き髪の中がささやかではあるがキラキラと光って見える。

ガリーナは信じられなかった。

なにかのトリックじゃないの？　光る化粧品かなにかでしょ？　それならヴルツェル王国にもあるわ。

ガリーナは怪訝《けげん》に思って思わずイリスの巻き髪に手を伸ばした。その手首をデッカーが掴んで首を振る。

「いけません。先ほどイリス様が仰った通り、触れてはなりません」

「……わかったわ」

渋々というようにガリーナは手を引っ込めた。半信半疑だったのだが、魔法のあるフロレゾン王国でのことだ、そんなこともあるのだろうと無理やりに自分を納得させるしかない。

するとイリスの巻き髪の中から妖精がフワリと飛び出した。そしてデッカーの周りをクルリと飛んでから、イリスの巻き髪の中に消えてしまった。

イリスとデッカーは思わず妖精を目で追った。もちろんガリーナには見えない。なにもない空間を同じように視線で追い、顔を見合わせて楽しそうに笑うイリスとデッカーに、ガリーナは仲間はずれにされた気分になった。

「デッカーさんはこの国に生まれていたら魔法騎士のソードマスターになれたかもしれませんね」

ソードマスターとは、騎士の中でも特別な試験に合格した者だけが認められる数少ない資格だ。騎士であれば誰でも目指す、憧れの肩書きだ。

イリスの言葉に、デッカーは嬉しそうに笑った。その笑顔に、ガリーナの心はキリキリと痛む。

デッカーは、平民でありながら、初めて王女直下の護衛騎士を命じられた騎士だ。王女の護衛を平民が務めることは異例で、これはガリーナのわがままによって叶《かな》えられた。

デッカーの実力は有名で、他の騎士団への引き抜きの声もある。たしかに、安全な王宮内での王女の護衛を務めるよりも、前線で活躍をしたほうがデッカーの能力を生かすこともでき、名誉も得られるだろう。しかし、身分差の厳しいヴルツェル王国では、武功を上げようとも、今以上の地位になるのは困難だ。そのため、ガリーナはデッカーを他の騎士団にやろうとは思えず、引き抜きの話はデッカーに伝えないままでいた。

しかし、平民から次代の聖なる乙女を選出したこの国なら、能力を正当に評価され、魔法騎士にもなれる。

デッカーはこの国に残ったほうが幸せになれるかもしれないわ。

使節団として他国に渡り、そこで家庭を持つ者もいる。そうやって、自国と他国を結びつけるのは喜ばしいことだと思っていた。

でも、デッカーが残るなんて。

ガリーナはその可能性に気がついて、唇を噛んだ。

デッカーとイリスは、そんなガリーナに目もくれず楽しげに話している。

「このお礼に、剣術でもお教えいたしましょう。以前、習いたいと仰っていましたよね？」

デッカーの申し出にイリスは喜び、ガリーナはイライラとした。

本当か嘘かもわからないような話のお礼に、デッカーの剣術を教えるなんて！

「ありがとうございます！　どうしてもニジェルに負けたくないんです！」

「イリス様がそんなにお強くなる必要はないでしょう？　レゼダ殿下がお守りくださいます」

「でも、そうしたらレゼダは誰が守るの？　私がレゼダを守らなきゃ！」

イリスがどや顔をしてフンと鼻息荒く答えれば、デッカーはおかしそうに笑った。

「同じ剣でニジェル様に勝つことは難しいでしょう。どうしても体格の差がありますから。ニジェル様は腕も足も長く、間合いに入ることすら困難です」

デッカーの言葉にイリスは不満げだ。なにしろ今まではなんとか勝てていたのだ。

「武器を変えられたらいかがです？　槍《やり》や弓などではいけませんか？」

「それだと場所を取るし……すぐ使えないわ」

「ドレス姿で帯刀《たいとう》するおつもりでしたか？」

「そっか、ドレス……公式行事ならドレスなのよね……。今でも短剣は持っているけど、短剣だと間合いが短いし。あ！　鞭《むち》にするわ‼　鞭ならスカートの中に隠せるし！　デッカーさん鞭は扱えて？」

イリスがパァァァと顔を輝かせた。

デッカーは思わず吹き出した。侯爵令嬢がドレス姿で鞭を振るう姿を想像してしまったのだ。

ガリーナは顔をしかめる。ガリーナには武術のことはわからない。魔力と武術、わからない話で盛り上がるふたりに疎外感を抱いてしまう。

デッカーってば、私の前ではあんな風に笑わないのに。

「デッカー！　失礼よ‼」

厳しい声でデッカーを窘《たしな》める。デッカーはコホンと咳払《せきばら》いをして、真面目な顔に取り繕った。

「失礼いたしました。イリス様。鞭についても教えることはできるかと思います」

「やった！　鞭については内緒で教えてくださいます？　ニジェルに知られると『王子妃候補らしくない！』ってお説教されてしまうから」

「ええ、承知いたしました」

デッカーの答えをガリーナは苦々しく聞いた。

ジャスの言葉が頭をよぎる。

――デッカー殿とイリス嬢は気が合いそうですね――

ガリーナは頭《かぶり》を振った。

だからなんだというの。デッカーが誰と気が合おうと関係ないわ。デッカーはわたくしの騎士なのよ。ずっと、ずっと、これからも。

ガリーナが六歳のころ、デッカーを兼護衛騎士に任命した。厳しい家庭教師の指導に傷つき、逃げ出し隠れ泣いていた裏庭でデッカーと出会ったのだ。デッカーはガリーナを王女とは知らず、どこにでもいる子どもと同じに扱い抱き上げた。ガリーナはそれに安心し、デッカーを護衛騎士にして欲しいとわがままを言った。デッカーはまだ十二歳だったが、平民で幼年学校には入れなかった彼は、傭兵の父と共に、すでに少年兵として一目置かれていた。そのため、ガリーナのわがままは受け入れられ、遊び相手兼護衛騎士としてガリーナの護衛騎士のひとりに加えられたのだ。

それから十年、彼がガリーナを裏切ったことはない。誰よりも誠心誠意尽くしてくれていることはガリーナも感じている。そして、ガリーナにとってもデッカーは特別な存在だった。誰よりも信頼でき、誰よりも自分の弱いところを見せられる相手だ。だからこそ、この留学にも連れてきた。デッカーと一緒ならどんな敵にも立ち向かえる、そう思えるからだ。

デッカーはわたくしのもの。わたくしが結婚しても、デッカーが結婚しても、デッカーは死ぬまでわたくしを守るのよ。他の国に残るなんて許さない。

その想いが淡い初恋などだとガリーナは認めたくなかった。ただの主従の絆だと言い聞かせてきた。

認めてしまえば悲しい未来しかない。

一国の王女と、平民からの成り上がり騎士では、同じ道は歩けない。誰に言われるまでもなく、ガリーナにはわかっていた。だからこそ、その想いに蓋《ふた》をするしかなかったのだ。

5　親善交流パーティー

梅雨時の午後である。柔らかい雨が紫陽花を濡らしている。

今日はレゼダとガリーナ主催の親善交流パーティーが開かれる。

あいにくの雨模様の中、庭園でのお茶会に、ガリーナは不安になりつつ馬車から降りた。

しかし、心配はいらなかった。王宮の車寄せから庭園へと続く空には、魔法の雨よけ傘が浮かび、来客を雨から守っていたからだ。

フロレゾン王国では、魔法で普通の傘を浮かせること自体は珍しくない。両手が空いて便利だからである。しかしこの雨よけ傘は、魔力を溜めた魔法具を空に浮かせることで、見えない魔法の傘を作る。最近魔導宮が開発したばかりの技術だが、このパーティーでお披露目されることになったのだ。

デッカーは驚いて空を見上げた。魔法具を中心とした一定の範囲で雨が弾かれるので、そこに魔法が展開されているのがわかる。傘から外れた部分は、雨粒のカーテンが下りている。

「素晴らしいですね」

「別に魔法でなくても雨をよけることはできるわ。我が国でもアーケードを作っているじゃない。それに、天気の悪い季節なら室内でお茶会をすべきだとわたくしは提案しました」

ガリーナは不機嫌に答えた。ガリーナもすごいとは思っている。しかし魔法を褒められると、魔法を持たない自分や自国の技術を否定されているようで、素直になれないのだ。

デッカーはそれっきり口を噤んだ。


親善交流パーティーが始まった。紫陽花が虹色に花開き、雨空で薄暗い庭を鮮やかに彩っている。招待客はおのおの着飾り、美しさを競いあっている。

その中でもレゼダとニジェルの立ち並ぶ姿はひときわ目立って、両国の女子たちは文化は違えども悩ましいため息は同じ色をしていた。

ガリーナ王女は今日も艶やかだった。自分の武器を惜しげもなく使う。髪を結い上げ、綺麗なうなじをさらし、男たちの目を奪っている。

ヴルツェル王国最先端の生地は、カゲロウの羽のように薄く、鮮やかなプリントが自慢の一品だ。その生地を使って、フロレゾン王国最先端のメゾンで作らせたドレスは、誰の目から見ても美しく、よりガリーナの魅力を引き立てた。胸元を飾るジュエリーはフロレゾン王国のものだ。この国の装飾技術やデザイン性は、どの国よりも抜きん出ていた。

イリスも今日は着飾っている。アクセサリーからドレスまで、すべてレゼダが用意したものだ。角度によってオーロラ色に光る薄紫色の生地はフロレゾン王国の伝統のものだ。身頃には紫陽花のように細かい花のモチーフがついており、その中心にレゼダの瞳を思わせるピンク色のビーズがきらめいていた。繊細なグラデーションのチュールはヴルツェル王国のもので、膝頭が見えるフィッシュテールになっている。フィッシュテールのスカートは町でカミーユが流行らせたデザインで、王室御用達の仕立て屋がぜひイリスに着せてみたいと申し出たものだった。ヘッドピースは紫陽花だ。

さりげなくレゼダもドレスにリンクしたファッションをしている。ホワイトラベンダーのスーツに、くすんだ紫のベスト姿だ。紫陽花の透かし彫りのされたタイリングにはピンクの宝石が輝いていて、イリスのドレスと同じ光沢のあるタイを柔らかくまとめている。並びあったレゼダとイリスは新郎新婦のように見えた。

芝生の広場には屋台が作られ、両国の軽食が用意されている。フロレゾン王国の白くてフワフワとした甘いパンや、ヴルツェル王国の黒くて固い酸味のあるパン、また両国自慢のお菓子などもズラリと並べられていた。花の香りのするお茶はフロレゾン王国の名産で、精巧な陶器のカップはヴルツェル王国自慢の品だ。

これはイリスの発案だ。前世で楽しんだ万国フードフェスタができたら、話も弾むと思ったのだ。

企画通り、学生たちはキャッキャとはしゃぎ、商人たちは学生たちの喜ぶものはなにかと観察している。よいマーケティングになっているようだ。

レゼダとガリーナは、さすが王族だけあって社交慣れしている。優雅にかつ的確にホスト役を務めるふたりに周囲は感心していた。

贅を尽くしたドレスに負けない、ガリーナのプロポーションのよい身体と美貌。堂々とした物腰は生まれながらの王女だからこそである。外国語での会話だというのに、そつなく知的なやり取りができる。次期女王と噂されるのももっともだとフロレゾン王国の人々は納得した。

レゼダはいつも通りの爽やかな笑顔を振りまいている。ヴルツェル王国の人たちとは流暢なヴルツェル語で話し、困ったことや不自由はないかと聞いている。その細やかな心遣いに、人々はレゼダに魅了された。

レゼダって、本当にファンタジーの中の王子様みたいなのよね。あ、王子様か。ガリーナ殿下も生粋《きっすい》の王女様って感じでカッコいいわ。こうやって見るとお似合いなのよね。

イリスは堂々としたふたりを画面越しから見るような気分で眺めていた。

「お似合いのふたりですね」

イリスに話しかけてきたのはジャスだった。イリスは少しドキリとする。今しがたイリス自身が思っていたことだが、改めて言われると胸に棘が刺さるようだ。

「そうですね」

「おふたりが結婚、なーんてあるかもしれませんね」

あくび交じりのジャスの言葉にイリスは俯いた。

「やだなぁ、冗談です。イリス嬢は可愛いなぁ」

ニコニコと笑い去っていくジャスからは悪意は感じられなかった。ただの冗談だとわかっていても、うまくかわせない自分にイリスは落ち込んだ。

ガリーナ殿下やレゼダならきっと笑ってあしらうのに。

ジャスの残したジャスミンの香りにイリスのため息が混じった。

間髪を容れず、新たに別の男性から声をかけられる。

今まではイリスが社交の場に出ることが少なく、あってもいつもレゼダがそばにいるため、下心のある男たちはなかなか声がかけられなかったのだ。でも今日のレゼダはホスト役で忙しく、今がチャンスと思う男は多かった。

また、ヴルツェル王国の人々の間でも、第二王子の寵愛《ちょうあい》を受けるイリスと話をしてみたいと思う者は多い。たどたどしくもヴルツェル語を使おうとするイリスの様子は、社交慣れしたヴルツェル王国の使節団に初々しく映ったようだ。

「黒いパンはお試しになりましたか？」

今度の相手はヴルツェル王国の商人のようだ。

「ええ、白いパンとはだいぶ風味が違うのですね。美味《おい》しくいただきました」

イリスは微笑んで答える。

「この企画はイリス様が考えられたのだとレゼダ殿下から伺いました。とても楽しい企画だと思います」

また違う男から声をかけられた。こちらはフロレゾン王国の商業ギルドのメンバーだ。

「そうですね。お祭りの日に町で開催したら、もっと楽しいかもしれませんね」

「それはよい案です！」

ふたりの男が声をそろえた。顔を見合わせて、三人で笑いあう。

「こちらは商業ギルドの方です。もしかしたらお話が弾むかもしれませんわ」

イリスはヴルツェル王国の商人にフロレゾン王国の商業ギルドのメンバーを紹介する。ふたりは互いに挨拶を交わした。

そこへ魔導宮の魔導士がヴルツェル王国の人を連れてやってきた。

「この方があの〝ワクチン〟開発に携わった聖女です」

大袈裟にイリスを紹介する。

「私は聖女じゃないですっ！」

イリスは慌てて訂正する。

「このように謙虚なお方なのですよ。実際は学園に入学される前にワクチンを開発し、土痘の流行を抑えた女神のような方です」

「大袈裟です‼　すべてレゼダ殿下のお力です！」

慌てるイリスを横目に見ながら、魔導士は朗らかに笑う。

イリスがワクチンの開発者と聞いて人々がワラワラと集まってくる。土痘のワクチンは他国でも注目されていて、その希少性から高値でやり取りされているのだ。

「フロレゾン王国のワクチンという技術は魔法がなくては難しいですか？」

ヴルツェル王国の商人に問われ、イリスは答える。

「魔法を使わずにワクチンが作れるのが一番の理想なんです。理論はお教えできますので、開発していただけたら」

「国家機密ではないのですか？」

「我が国の国王は、人命のほうが大切だとお考えです。それにヴルツェル王国の技術によって、魔法を使わない方法が確立されたら他の病気の研究も進むと思うのです」

イリスを中心に人の輪ができていく。次々と声がかかり、イリスはその対応に追われていった。

一方のカミーユは、ヴルツェル王国の女性たちに囲まれていた。

魔法のない国から来た彼女たちにとって、聖なる乙女という存在は物珍しい。しかし、現在の聖なる乙女と直接言葉を交わせるのは、政府の高官か身分の高い貴族だけであるため、カミーユと話せるこの機会を逃したくないと思っていた。

「聖なる乙女の試験はどういったものですか」

興味津々な目を向けられて、カミーユはたどたどしく答える。まだ社交は慣れていないのだ。

初めのうちは単なる世間話を楽しんでいたカミーユだったが、ジャスが会話に入りはじめたあたりからなぜだか雲行きが怪しくなってきた。

「カミーユ嬢はイリス嬢を倒して聖なる乙女になられたんですよ。イリス嬢には魔力がなかったので当然の結果でしたが」

ジャスがヴルツェル王国の女性たちに向けて笑いかける。

「イリス嬢？」

「ほら、あそこで男性に囲まれている美しい女性です。レゼダ殿下もいたくご執心で、強引に婚約を望んでいるそうですが、彼女はどうなんでしょうね」

カミーユはギョッとしてジャスを見た。ジャスはなんでもないようにあくびをひとつして、その場を離れる。

周りの女性たちがジャスのひと言で、イリスに悪意を持ったのがわかった。

「イリス様とはライバルだったのですよね？」

「レゼダ殿下の婚約者になるために魔力がないのに無理やり候補に名乗り出たのですか？」

カミーユは驚いて彼女たちを見た。

以前ならともかく、今、そんなことをイリスに言う人は学園内には存在しない。しかし、彼女たちは違った。イリス自身を知らない上に、あわよくばレゼダと懇意になりたいと思っているのだ。

「いいえ、違います！　無理やりになんてしていません！」

カミーユは慌てて否定する。

「あら、魔力はあるの？」

「いいえ、魔力は」

「ないのですよね。なのに、候補になるなんてなにかおかしな手を使ったのだわ」

「イリス様はそんなことしません」

「ならなぜ、魔力がないのに聖女の候補に？」

カミーユは困ってしまった。うまく説明することができない。

イリス自身は魔力がないことを隠してはおらず、そのことで誰かを騙そうとしたことなどない。それを知らない人たちがソージュの力を誤解し、勝手に緑の聖女と呼んでいるだけなのだ。

しかし、妖精について秘密にしている以上、ソージュについて話すことはできない。

「ほら、あのように男性を侍《はべ》らせることがお上手な方なのね」

イリスは商人や商業ギルドを相手に話をしていた。

「まるであれでは、男を惑わす悪女ですわね」

意地悪な笑いにカミーユはカッとなる。

「違います！　イリス様は素敵な方です！」

「カミーユ様は、その〝素敵なイリス様〟を倒されたのですわね？　魔力もあって素敵なお方なのでしたら、アチラが聖なる乙女になったほうがよかったのでは？」

クスクスと笑いが起こる。

「あら、皆様、次代の聖なる乙女を困らせてはなりませんわ」

すると、ひとりが間に入る。カミーユはホッとした。

「カミーユ様はニジェル様と仲がよろしいのです。ニジェル様はイリス様の双子の弟だとか。悪く言えるわけがありませんわ」

その言葉にカミーユはゾッとした。

「違います！　私がイリス様を好きなんです！」

慌ててカミーユが訂正する。

「ええ、ええ、わかっていましてよ。当然ですわ」

「聖なる乙女になる方ですもの。どんな方にも優しく寛大《かんだい》ですのよね。それが希代の悪女だとしても」

その言葉に、周りの人々も了解したかのように頷きあう。

カミーユは一切理解されない現状に血の気が引く思いがした。

レゼダの瞳はいつでもイリスを追っている。多くの客たちと話をしながらも、思わず見つめてしまうのはイリスだ。

イリスは少し離れた場所で多くの男たちに囲まれていた。

「イリス嬢は今日も人気ですね」

レゼダの心を読んだようにジャスが話しかけてきた。

「今日のイリス嬢はとても綺麗ですね。殿下の用意したドレスですか？　殿下と一緒ではないと、とても話しかけやすいです。先ほど小耳に挟んだのですが、レゼダ殿下とガリーナ殿下がお似合いだと言われていました。傷つかれるかとハラハラしていましたが、イリス嬢は動揺されることなく、『そうですね』と……」

レゼダはジャスをひと睨みした。ジャスは軽く笑って退散する。

今までは〝神に見放された娘〟と呼ばれ、社交の場には出てこないイリスだった。しかし、聖なる乙女の候補者に選ばれ評価が一転してからは、彼女に近づきたいと思う貴族も増えていた。レゼダはせっせと虫退治に励んでいたが、自分がホストを務める席ではそれもままならない。

周りの男たちもそれをわかった上でイリスに話しかけているかと思うと、忌々《いまいま》しく思ってしまう。

いや、わかってる。イリスだって社交は必要だし、すべての男に下心があるわけじゃない。

頭が、胸が、モヤモヤとする。灰色の霧《きり》がかかったようだ。

ガリーナとお似合いだと本当に思っているのだろうか。会話の流れから否定できるとは思えない。思わないが、それでも。

――イリス様にとってこの婚約は喜ばしいことなのか――

ガリーナの言葉が思い出される。

イリスにとっては、デッカーのように武術に長《た》けた男と、お互い高めあって自由に生きるほうが幸せなのかもしれない。王宮のような窮屈な場所ではイリスは幸せになれないのかも。

レゼダは苦々しく思いながら、軽く頭を振って、気持ちを切り替えた。

6　ヤンデレレゼダ降臨

今、イリスは学園の保健室に着いたところだった。レゼダが魔法の授業中に倒れたと聞き、駆けつけてきたのだ。

イリスが保健室に入ると、レゼダはすでにベッドから身を起こしていた。付き添っていたニジェルが、気を利かせて保健室の外へ出る。

「大丈夫ですか？」

「うん、最近よく眠れなくて」

レゼダが力なく笑う。

最近、眠ると夢を見るのだ。お茶会で見た男たちに囲まれて微笑むイリスの姿や、聞かされた話が胸の内で灰色に積み重なっているからだろうか。

自分から離れていこうとするイリスを、祈りの塔へ閉じ込めてしまう夢。そうしてイリスに拒絶され絶望し、それでも逃がしてやれない夢だ。

いやにリアルで悲しくて、それでいて自分の薄暗い部分は満たされる。そんな自分が恐ろしく、夢を見たくないと願うあまり、眠りにつくのが怖くなっていたのだ。

「なにかあったんですか？」

「夢を見るのが怖くて……。イリスは怖い夢を見ない？」

レゼダの問いにイリスは首をかしげた。

「そういえば、私は夢を見ることがあまりないかも……。あ、でも、すっごい悪夢を見たことはありますよ！」

イリスは思い出してゾッとする。前世の記憶を思い出すきっかけとなった、『千年の眠り』ルートの夢が、覚えている中では最後の悪夢だ。

「どんな夢？」

レゼダに問われて、イリスは目をそらした。さすがにシティスが王都を炎上させるなどとは夢の話だとしても言えない。

「ええ、と。……あー、と。悪い魔法使いがやってきて、町に火を放つんです。それで、魔法の火に囲まれて逃げられなくて……」

イリスがモジモジと答えると、レゼダは静かに微笑んだ。

「それは怖い夢だね。でも、イリス。そんなこと宮廷魔導士が許さないから安心していいよ」

その宮廷魔導士最強の男シティス様が火を放つんですけどね！

イリスは思ったが曖昧に笑う。

「そうですね。夢は夢ですもの」

「そうか、夢は夢か」

イリスの答えに、レゼダは儚《はかな》げに笑って呟いた。

「レゼダの夢はどんな夢ですか？」

レゼダは口を噤んだ。イリスの夢と違って、レゼダの夢はあまりにも現実味を帯びていた。

レゼダの夢は大体いつも同じだ。国王に命じられ、他国の王配になることが決まる。もちろんレゼダは抵抗するが、国益のための政略結婚で最終的には断れない。イリスはそれを悲しまず、にこやかにレゼダと婚約破棄をする。そのことに傷ついたレゼダは、イリスを金の檻に閉じ込めて飼うのだ。食事も自らの手で与え、髪を綺麗に整えるのもレゼダだ。すべて自分の手で与え、尽くす。金の檻の中で、レゼダだけにすがり、レゼダだけを頼り、レゼダだけを見て暮らすイリスが幼気《いたいけ》で愛おしく、レゼダは感じたことのないような高揚感に包まれるのだ。

しかし、レゼダを苦しめたのは夢だけではない。目覚めたときに満ち足りている自分自身だ。夢の中でイリスを依存させるよう追い詰めて、それでも僕は甘く満たされるんだ。いけないことだとわかっていても、同じようにできたらと思ってしまう。そんな自分が怖い。

自分が他国の姫と結婚することを命じられることも、イリスが違う男を好きになることも、ありえない話ではない。そして、それらが実際に起きたとき、夢と同じことをしてしまうのではないかと、レゼダは自分自身を恐れていた。

とてもイリスに話せない……。

「……怖いことしか覚えてないんだ……」

「そうなんですね。もう少しお休みください」

イリスはそっとベッドに腰かけた。

「私がそばにいますから、うなされていたら起こしてあげます」

イリスの優しい声がレゼダの心を揺らす。夢と現実が曖昧になる。レゼダは心地よい気分でベッドに横たわった。

イリスは幼い子を寝かしつけるようにポンポンとレゼダの胸を叩いた。

レゼダはウトウトと夢見心地になる。

「もう少しイリスの声が聞きたい」

レゼダが小さな子供のようにねだる。

「そうですね、近ごろなかなかお話しできないから」

「……どう？　最近のデッカー殿は」

レゼダはデッカーの名前を出して、うっすらと笑った。それが少し他人事《ひとごと》のように思えた。

眠くて頭が回らないらしい。話題をうまく選べない。

こんな話は聞かないほうがいい。わかっているのに……。

レゼダの頭はぼんやりとする。夢なのか現実なのか曖昧になる。

「はい！　妖精を見る資質はとても素晴らしいです。妖精ちゃんとも話したのですが、どうやらデッカーさんは特別らしくて」

「特別？　どんな風に？」

デッカーが特別？　僕より特別？

「古い先祖が妖精と縁があったのではとソージュ様も仰って」

「へぇ？　ソージュ様は相変わらずイリスを抱いて？」

ソージュ様はイリスを気軽に抱きすぎる。イリスはもう子どもではないのに。

「ええ、いつも通り……。それで、そのことをデッカーさんに伝えていいものか相談したら、本人が知らないならまだ教えるなと」

「僕より先にソージュ様に相談したの？」

僕にはなにより先に相談してと言ったのに。

「はい。妖精のことだったので」

レゼダの声がだんだんと暗く落ちていくような気がして、イリスはキョトンとして首をかしげた。

「イリスは楽しかった？　ソージュ様とお会いして」

「はい！　ソージュ様のところには妖精の本がたくさんあるんです」

「ふーん……。デッカー殿とは楽しい？　最近ふたりでなにかしていると聞いているけど」

レゼダがベッドの中で不自然に微笑んでいた。

薔薇の朝露のような朱鷺色の瞳は傷ついてすりガラスのように曇っている。それなのにレゼダの唇は微笑んでいる。

イリスはゾッとしつつ、不覚にも見惚《みと》れてしまった。ゲームで見たことのある憂《うれ》いを帯びた表情は、実際に目にすると恐ろしいほどに美しい。

すごく綺麗。やっぱりレゼダって、超絶妖艶美形なんだわ。……でも、……これって……、もしや。

「婚約までの自由なひとときをイリスは楽しんでいるのかな？」

そんな。だって、そのルートは消滅したのに。

イリスの喉がヒクリと鳴った。

「どうして答えないの？　答えられないの？」

レゼダがおもむろに起き上がり、イリスに向かいあった。朱鷺色の瞳の奥に灰色の渦巻きが見えた。

イリスはゾッとした。

ニジェルと同じ目だわ‼　なにか、変。なにかに取り憑《つ》かれてるみたい。

レゼダは肩にかかるイリスの巻き髪を後ろに流し、首筋をあらわにした。イリスの首筋にレゼダのため息が触れる。

「……あの日のチョーカーを僕はまだ持っている」

レゼダは呟いた。

幼いころ、自らの手でイリスの首から外したチョーカーは、シュバリィー家所有の印だと彼女が嘆いていたものだ。

でも今の僕にはシュバリィー侯爵の気持ちがわかってしまう。誰から見ても自分のものだとわかる印をイリスにつけてしまいたい。

「あの日から僕は君が好きだよ。ずっと、ずっと、君だけだ。僕は君しか見ていない」

イリスの心臓がドクドクと脈打つ。

これって、いわゆる……ヤンデレ化‼

「ねぇイリス。他の男を見ないで。他の女も嫌だ。ふたり以外なにもいらない」

するり、レゼダの両手がイリスの首を包み込む。大きな手。その気になれば縊《くび》り殺すこともできてしまうだろう。それなのにイリスは怖いとは思えない。眠そうな温かい手だからだろうか。

「新しいチョーカーをあつらえようかと思うんだ。もう、王家の紋章でもかまわないでしょう？」

ねだるようなレゼダの声に、イリスは一瞬流されそうになる。

それではダメだと、フルフルと頭を振ってなけなしの抵抗を試みる。

レゼダをヤンデレ化させたらいけない！　だって、そんな狂気の王子、王太子が存命な今、王家を追放されるかもしれないわ！　メリバエンドなんて冗談じゃない！

イリスの無言の答えに、レゼダは顔をしかめると首筋に唇を落とし、きつく吸った。

「っ痛い！」

思わずイリスはレゼダを突き飛ばした。

「うっ！」

レゼダが怯んだうちに立ち上がり、ドアへ向かう。レゼダは慌てて追いかけ、イリスの腕を引きドアに押しつけた。

「どうして逃げるの？」

レゼダが傷ついた顔で笑う。

うっわ、カッコ……いい……。

不覚にもイリスは目を奪われた。もともとヤンデレキャラなのだ。病んだときの作画は神の領域、超絶技巧なのである。

「逃げるなら逃げられないようにしなくちゃね」

ギリと腕に力を込めるレゼダ。イリスはその力強さに、初めて本気の力を知って戦慄《わなな》いた。

病めば病むほど美しい……ではなくて！　しっかりするのよイリス！　ヤンデレレゼダは最高だけど！　本気で逃げなきゃ、監禁コースまっしぐらだわ！

ニジェルは回し蹴りで魂みたいなのが抜けてた。だから物理攻撃が有効、ってことよね？

イリスは慌ててレゼダのすねを思いっきり蹴った。

「痛いよ、イリス」

なんで灰色の煙が抜けないの⁉　さすがにレゼダに回し蹴りをしたら死んじゃうわ！

瞳孔が開いたままの目でレゼダが笑って、ゾクゾクと鳥肌が立った。その鳥肌は恐怖心だけでなく、美しきヤンデレに対する喜びも混じっていて、イリスは逃れられないと知る。

「……レゼダのバカ……」

イリスの瞳に透明の雫《しずく》が盛り上がる。

レゼダがヤンデレなら、それでもいいと思っちゃうじゃない……。

緑の葉に丸く落ちる雨粒のように、ホロホロと光の粒がイリスの白い頬を伝っていく。

レゼダはイリスからあふれる光の粒を指先でなぞる。初めてイリスの涙に触れた幼い日を思い出し、あの日と同じように涙で濡れた指先に口づける。

イリスが諦めたように目を閉じる。それを許しだとレゼダは理解して、頬に転がる涙をひとつ吸えば、ふたりだけの保健室に小さなリップ音が響いた。ふたつ、みっつと吸い上げて、レゼダはイリスの唇を指でなぞった。

唇、震えてる。

レゼダは固く閉じられた唇の震えを見て薄く笑った。

怖いんだ。イリスも怖いものがあるんだね。それが僕だなんて。

レゼダは胸の奥に痛みを感じて、その痛みを癒《い》やすのはイリスの唇しかないのだと思った。

思い詰めたように大きく息を吐く。

イリスがユルユルと瞼《まぶた》を上げてレゼダを見た。レゼダは潤むイリスの瞳に微笑みかける。

イリスが頬を染めて息を呑む。

顎に手を添え上を向かせ、唇を寄せた、その瞬間。

「こんなのダメー‼」

イリスがレゼダに頭突きを食らわした。

プシュッとレゼダの頭の上から灰色の煙が抜け出る。レゼダの頭の中に満ちていた灰色の霧が晴れていく。

その隙をついてイリスはレゼダの手を振り払い、スカートの中から鞭を取り出して両手でピンと張ってみせる。

我に返ったレゼダは呆気にとられた。状況が呑み込めない。

夢ではない、これは現実だ。こんな突拍子もないこと、夢の中のイリスはしない！　そう、これが、僕のイリスだ。

「イリス、その鞭は……」

イリスはグズグズと泣きながら、鞭をピンと引っ張り直した。

「それ以上来たらダメ！　レゼダまで不幸になっちゃうのよ！　メリバエンドなんて許さないんだから‼」

イリスがそう叫んだ瞬間、ドアが開かれた。

「どうかしましたか？　めりば……えんど？」

ニジェルが心配してドアを開けたのだ。

「え？　鞭？　ええ？　イリス、泣いて……？」

「泣いてない！」

イリスはニジェルを睨んでから、脱兎《だっと》の如く逃げ出した。

ニジェルは呆気にとられて、レゼダを見た。レゼダはそこへ座り込み、頭を抱えた。

「……やってしまった……」

後悔と反省できつく目を瞑《つぶ》る。それなのに瞼の裏には、泣き顔のイリスがちらついて、可愛くて愛おしくて、もっとその顔を見たいと思ってしまう。

「だって可愛いんだもん……」

レゼダは大きくため息をついた。

「殿下がイリスを泣かしたのですか？」

ニジェルがレゼダの胸ぐらを掴んだ。その目は怒りに燃えている。レゼダはゆっくりと目を閉じた。

「ああ、ごめん。僕を殴って」

レゼダの言葉にニジェルは頭をかいた。そして大きくため息をつく。

「殿下、お立ちください」

ニジェルの声にレゼダは大人しく従った。ニジェルはレゼダが立ち上がったのを確認し、

「失礼します」と形ばかりの声をかけ、静かにボディーブローを決めた。

レゼダはおなかを抱えて痛みに耐える。

「ニジェル……本気すぎない？」

「本気ですがなにか？　殿下もそれをお望みでしょう？」

ツンとしたニジェルの言い草にレゼダは笑ってしまう。

「目が覚めましたか？」

「うん、目が覚めた。それにしても僕は情けないな」

「ボクにも心当たりはあります。イリスに怒られました」

レゼダとニジェルは情けない顔をして笑った。

「ああ、蹴りを入れられてたね……」

「ええ。殿下はイリスのなにがいいんです？」

「……鞭、似合ってたよね」

レゼダの呟きに、ニジェルは一瞬同意しそうになり、慌ててコホンと咳払いをした。

「聞かなかったことにします」

それからレゼダとイリスはギクシャクしている。

レゼダが触れようとすれば、さっと身をかわされてしまう。イリスにしてみれば、無意識の条件反射なのだが、レゼダは少し傷つく。

傷ついたレゼダの顔を見ると、イリスも傷ついて謝るのだが、そうするとお互いに気まずい空気が流れ、悲しくなってしまうのだ。

そんな日々を数日過ごし、レゼダは以前のようにイリスに触れることは諦めたようだった。イリスは自分勝手だと思いながらもそれを寂しく感じつつ、どうすることもできずに見た目には平和な日々が流れていった。

7　守護宝石探し

今日は、守護宝石を探すという学内イベントだ。

守護宝石は魔力を含んだ特別な宝石だ。お守りとしてペンダントやリングに加工することが多い。魔法を使う者なら魔法の杖につけ、剣を使う者なら剣につけることもある。

守護宝石は『藍《あい》の山《やま》』に眠る。藍の山には守護宝石の鉱脈があり、守護宝石がとれるのだ。

この山は王家のもので、年に一度の山開きの際、クリザンテム学園の二年生と、守護宝石を扱う免許を持った商人だけが入山を許される。

守護宝石はとても高価なものなのだが、この機会に生徒たちは自分で守護宝石を探すことが許されていた。クリザンテム学園に入学した者の特権である。

ガリーナとデッカーも見学のためにやってきていた。


山開きの儀式が行われる。

山の息吹がざわめいて、緑の木々を揺らす。夏の日差しがギラギラと緑のレースを貫いてくる。草いきれに混じる花々の香りと、虫の羽音。

山道に据えられた鉄製の柵には、大きな南京錠《なんきんじょう》がかけられている。その前に宮廷魔導士のシティスが立った。ミステリアスな片眼鏡に、緩く結ばれた青い長髪。魔導士のローブがよく似合う青年だ。彼は、次代の聖なる乙女を守護するために学園に派遣されている。サド伯爵家の長男で、カミーユの異母兄でもあった。

両脇にレゼダとカミーユが控える。ふたりは魔力において学年の一位と二位だった。

魔法騎士の一団が両脇に立ち並び、先頭のふたりが黄金のラッパを吹き鳴らす。

それを合図にシティスが杖を振り上げた。レゼダとカミーユは目で合図をし、同じように杖を振り上げる。

三人で山開きの呪文を詠唱《えいしょう》する。山を讃《たた》え、山に住む妖精たちを讃え、守護宝石を賜《たまわ》る許可を得るのだ。

藍の山は閉ざされた山だ。不思議な力で何人《なんぴと》をも受けつけない。しかし、年に一度だけ、強い魔力を持って藍の山の中に結界を張る。その結界内で守護宝石探しが行われるのだ。

シティスが南京錠に向かって魔方陣を描いた。紺色の魔方陣が宙に浮かび上がる。その魔方陣をなぞるようにレゼダとカミーユも魔方陣を描く。

朱鷺色の光が紺色の魔方陣に重なり紫に光る。さらに乳白色の光がその紫を包み込む。ホログラムのようにキラキラと光り輝く魔方陣が空に浮かび上がり、山を包み込むほどに大きく広がった。

「すごい……！」

思わず感嘆するイリスだ。

魔方陣が山全体を包み込むように下りてくる。そして次第に収縮し、山に吸い込まれるようにして消えた。しかし、鉄の柵や山は魔方陣の残光でキラキラと輝いている。

再度、魔法騎士たちがラッパを吹き鳴らす。学園長が南京錠の前まで歩み出る。

「山開きの詠唱により、今年は過去最大の規模で藍の山へ結界が張られた」

そう言うと、古めかしい大きな鍵を南京錠に差す。ガチャリと鈍い音がして錠が開き、鉄の柵を閉じていた鎖がジャラリと音を立てる。

魔方陣の残光を纏った鉄の柵を学園長が押し開き、生徒に向き直った。

「守護宝石は守護者を自ら呼ぶという。その出会い方は人それぞれです。きっかけを見逃さないように」

学園長の言葉に生徒たちは頷いた。

「また、この光より外側へ出ないこと。決して無理はしないこと。帰りは必ずこの門をくぐること。以上、三点を守りなさい」

学園長が先頭に立ち、山へと入る。続いて魔法騎士、教員と魔導士が数人、それから生徒があとに続き、入山を許された守護宝石を扱う商人たちが入っていく。

イリスは恐る恐る門の前に立った。イリスは体質的に魔法に拒絶反応を示すことがあるのだ。

そーっとつま先だけ魔方陣の残光に入れてみる。

あれ？　なんともない。

それを見てレゼダが笑った。

「怖がらなくて大丈夫だと思うよ、イリス」

「なんでですか？」

「たぶん、イリスの場合、体の内側に作用する大きな魔法に拒絶反応が出やすいんだと思う。弱い魔法は効かないし」

「そうなんだ！　レゼダのほうが、私のことよくわかってるんですね」

イリスが笑う。レゼダはその笑顔にクラリとした。

イリスは簡単に僕を喜ばせるんだから。

「さあ、行こう」

照れくささを隠しながら、レゼダは勇気を振り絞ってイリスに手を差し出してみた。こうやって手を差し伸べるのは久々だ。いくらレゼダでも、何度も拒絶されるのは悲しい。それでも、なにもしないわけにはいかない。このままイリスが離れていったらおしまいなのだ。

一瞬ビクリとイリスの体が強張った。それを見てレゼダは諦めたように手を引っ込めた。

「ごめ……」

「行くよ」

イリスの謝罪を遮って、レゼダは結界線の内側に入る。イリスも慌ててレゼダを追う。

レゼダの言った通り、なんの反応も起こらずにイリスはホッとした。これなら、守護宝石探しもできそうだ。

いまだにギクシャクするふたりを見て、ニジェルとカミーユは困ったように顔を見合わせた。逆にガリーナは満足げに微笑んだ。

魔力の弱い守護宝石は川底に転がっていることが多く、魔力の少ない生徒でも拾いやすい。鉱脈から水で削られ流れ出てくるのだ。

魔力の弱い守護宝石は、翡翠《ひすい》や瑪瑙《めのう》のような透明度の低い宝石に、ほんのりと魔力が混ざった形で現れる。

強い魔力を持つ守護宝石は、エメラルドやルビーのような透明度の高い宝石に似ていた。しかし、土の中だったり、岩の中だったり、木の幹の中だったり、見つかりにくい場所に秘められている。それらを探し出すには、強い魔力が必要だった。魔力の強い守護宝石は、自ら主を選ぶともいわれているのだ。

イリスはピクニック気分で参加していた。そもそも、イリスには魔力がない。強い守護宝石を探すことはできない。強い魔力を持つ守護宝石は持っていれば当然心強いものだが、ないからといって困るものでもない。ようは、効力の強いお守りだ。一般的には持たない人のほうが多い。

そのため、魔力の少ない学生は、魔力の強弱にこだわらずお気に入りの石を選び、自分の守護宝石にするのだ。

川沿いを歩きながら石を見繕って歩く。

「あ！　この石、可愛いわ！」

まん丸でピンク色のポテッとした石を拾って、イリスははしゃいだ。ローズクオーツである。

まるでレゼダの瞳のようでとても可愛いとイリスは思った。

「私、これにする‼」

イリスの宣言に、レゼダとカミーユがギョッとした。

「イリス、それはただのローズクオーツだよ。弱い守護宝石ですらない」

「イリス様、その石ではイリス様を守れません！」

ふたりに言われて、イリスは笑う。

「だって、私、魔力がないのよ？　そもそも守護宝石なんて見つけられないもの。可愛い石を持って帰るわ」

ヘラヘラと手を振るイリスを見て、レゼダとカミーユは頷きあった。

ふたりの思いは一緒だ。魔力を持たないイリスだからこそ、強い守護宝石を持ってほしいのだ。そのためにイリスを誘導することにした。

「イリス、僕らは水源を目指そう」

「そうです！　水源に近づけば近づくほど、魔力の強いものが見つかるそうです！」

「ええー、私は……」

「僕らと一緒に守護宝石を探してよ、イリス」

「お願いです、イリス様。私、聖なる乙女になるからには、できるだけ強い守護宝石が欲しいんです。でも、結界があるといっても山頂方面は不安で……」

カミーユは祈るように両手を重ねあわせ、おねだりする子犬のような瞳でイリスを見た。

イリスはクラリとする。

カミーユたんにはかなわない……。おねーちゃんがたすけちゃる！

「任せてちょうだい！」

イリスは元気いっぱいに胸を叩いた。そうしてカミーユの手を取ってご機嫌で歩きだした。

レゼダとニジェルは顔を見合わせて苦笑いした。


藍の山の山頂近くには月桂樹《げっけいじゅ》の大樹があり、その下には水源がある。しかし、その周辺まで結界が張られることは今までなかった。

今回は、次代の聖なる乙女カミーユの力と、天才魔導士シティス、またレゼダの大きな魔力の力もあって、水源ギリギリまで結界が張られていた。

レゼダとイリス、カミーユとニジェルは水源を目指して山を登る。山自体は急勾配《きゅうこうばい》ではない。結界があるため魔獣は入ってこないが、普通の獣《けもの》はいた。また、人嫌いな妖精たちは、人の入らない藍の山に好んで住んでいた。年の一度のこの日だけは大目に見てくれるが、快く思っておらず悪戯《いたずら》をしてくる妖精もいる。

イリスとニジェルは森の獣たちを追い払い、カミーユとレゼダは妖精に挨拶して歩く。そうやって四人は川をたどり、だいぶ上まで登ってきた。

「どちらに行く?」

レゼダが立ち止まった。たどっていた川が二股に分かれている。正しく言えば、山頂から流れてきた川が、ここで合流したのだ。ふたつの川の中央は少し丘のようになっており、大きな岩が立っていた。

水源はひとつだと聞いていたからどちらをたどっても水源に近づけるのだが、選んだ道によって得られる宝石は違う気がした。

「デッカーはこっちへ行ったよ」

すると大きな岩の上から声がかかった。見上げれば岩の上にジャスが座っていた。

デッカーの名前を聞いて、レゼダとニジェルが顔をしかめる。

「デッカー殿が私たちより早くここまで?」

ニジェルが不可解そうに尋ねれば、ジャスはあくびをしながら答える。

「デッカーは強いからね」

ジャスの言葉に、ニジェルとレゼダが頷きあう。

「僕らは別の道を行こう」

レゼダの言葉にニジェルが従う。

イリスはジャスを見上げた。レゼダたちより早くジャスがここにいることが不思議だったのだ。魔力が強いという噂も聞いたことはなく、学園の壁に張り出される成績発表でも、彼の名前は見たことがない。

留年するくらい体が弱いのよね？　なんでみんなになにも言わないんだろう。私が知らないだけで、ジャス様は魔力が強いのかしら？

「ジャス様は守護宝石を見つけましたか？」

イリスの問いにジャスは一瞬言葉を詰まらせ、ニッコリと笑ってから手を振った。

「ほら、みんな先に行っちゃうよ」

ジャスの言葉でイリスは慌ててレゼダたちを追いかけていった。

「本当にイリスはなんなんだろう。……おもしろいな」

ジャスは大きな岩の上で愉快げに呟いた。

デッカーたちは山の裾野で宝石探しをしていた。ジャスは水源を目指しているようなことを言っていたが、実はずっと川下にいたのだ。

他国から来たガリーナやデッカーにも、薄くはあるが魔力は流れている。ただ、魔法が使えるほどはなく、フロレゾン王国の平民ほどの魔力だ。

ガリーナやデッカーたちは、学園長から留学の記念に宝石を拾うとよいと勧められていた。

ガリーナはデッカーの敷いたハンカチの上に腰かけ、宝石を探す生徒たちをつまらなそうに見ている。デッカーはズボンの裾をまくり上げ、川の中に入って宝石を探していた。

「デッカー、河原に転がる石ころなんていらないわ。こんなところで拾えるものよりダイヤモンドのほうが綺麗じゃない。フロレゾン王国に来たからにはジュエリーをたくさん買う予定よ。守護宝石は下山してから美しいものを買いに行きましょう」

デッカーは笑った。

「思い出は買えませんよ」

「バカみたい」

デッカーの言葉にガリーナは呟く。

デッカーはこの国に来てから、正確に言えばイリスと関わるようになってから変わってしまった。見えないものを信じ、見えないことに価値を感じて尊んでいる気がする。今もそうだ。

〝思い出〟なんてなんの役にも立たないのに、水に濡れて石ころを探している。

デッカーはいつだってガリーナが一番だった。寡黙で、笑顔も少なく、常に影のように従う。ガリーナを守ることが最優先で、それ以外のことは命じられなければしなかった。

それなのに、デッカーは変わったわ。命じたわけでもないのに、こんな石ころを必死になって探すなんて、今までならありえないわ。あの女、イリスに会ってからデッカーはおかしくなってしまったのよ。

ガリーナはつまらない気分でデッカーを眺めていた。イリスがデッカーを変えたのが気に入らない。王女の自分に見えない魔力の塊が見えるというのが気に入らない。

ガリーナは石を拾って川に向かって投げた。ポチャンと石が水面に輪を作る。

デッカーが振り返って笑った。子供のように純粋な笑顔で、ガリーナはポッと顔が赤くなった。

こんなデッカー、初めて見たわ……。

「殿下、今しばらくお待ちください。殿下のために美しい宝石を探しておりますから」

デッカーの言葉に、ガリーナは我に返って鼻を鳴らした。

「せいぜい頑張りなさい」

「はい」

デッカーは小さく頷いた。

周囲の生徒たちは、その痴話《ちわ》喧嘩のようなやり取りを微笑ましく見守っていた。

イリスたちは水源を目指し、山を登っていた。するとその先に洞窟《どうくつ》が見えてきた。水源へと繋がる小川はその中を通っている。

イリスたちは洞窟の中に入った。薄暗い洞窟を照らすため、レゼダが魔法の杖で明かりを灯す。

ジャスミンの香りだわ。洞窟の中でも咲ける花なのね。

イリスは不思議に思った。

レゼダの魔法の光で洞窟の中の守護宝石たちがキラキラと瞬いた。

「わぁ！　綺麗！」

思わずイリスは目を見張る。洞窟の天井がまるでプラネタリウムのように輝いているのだ。

ヒタヒタと水の伝う中、光る守護宝石に目を奪われ、イリスは思わず壁に手を伸ばす。しかし、イリスが壁に触れた瞬間、宝石の輝きは消えてしまった。イリスは少ししょんぼりとする。

「それはイリスの守護宝石じゃなかったんだね」

レゼダの声にイリスは顔を上げた。

「そういうことなんですか？」

「きっとそうだよ」

「アレは宝石の光ではないですね」

突然ニジェルがそう言って、レゼダの前に出た。すでに刀は抜いてある。

洞窟の暗がりの中に大きな赤い光がふたつ輝いていた。その奥には小さな光が複数見える。

ザワリ、イリスも鳥肌が立つのがわかった。

魔獣？　どうして結界の中にいるの？

シティスたちの張った結界の中に魔獣が入り込むとは信じられない。イリスもニジェルの横に立つ。

「イリスは下がっていて」

ニジェルがイリスを乱暴に押し、ニジェルは魔獣に向かって走りだした。

「保護魔法！　ニジェル様を守って！」

カミーユの叫び声が聞こえる。

思わずよろけたイリスの視線の先にはニジェルの背中が見えた。キラキラとニジェルを包み込むように光っているのはカミーユの保護魔法だ。

魔獣たちのうなり声が聞こえる。一頭の大きな魔獣が小さな魔獣を数匹引き連れ、ニジェルに向かって牙を剥《む》いた。

ニジェルの剣はスラリと光り、刀身は冴《さ》え冴《ざ》えとしていた。ニジェルがうっすらと微笑んで剣を振る。ビュンと一陣の風が巻き起こり、大きな魔獣の首が落ちた。血なまぐさい臭いが鼻をつく。たった一振りで魔獣を倒したのだ。その様子を見た小さな魔獣たちは慌てふためき、ちりぢりに逃げてゆく。

ニジェルは驚いたようにマジマジと剣を見た。自分の力だけではない。カミーユの魔力がそうさせたのだと気がついて、カミーユを振り返る。

カミーユは呆気にとられた顔でニジェルを見ていた。

「ニジェル様……すごい……」

「いや、これは君の力だ。ありがとう」

ニジェルの言葉にカミーユは顔を赤らめ、フルフルと頭を振った。ニジェルはその姿を微笑ましく思う。

「とりあえず、次の魔獣が出る前にここを出ましょう。理由はわかりませんが結界の破れがあるようです」

ニジェルがレゼダに振り返る。レゼダは頷き、イリスとカミーユを促した。ニジェルは三人を守るよう最後尾につく。そこへ、カミーユがやってきてニジェルの腕を掴んだ。

「ニジェル様、あの石はニジェル様のものでは？」

魔獣の血だまりの中に、鈍く輝く緑色の四角い石がひとつ転がっている。

ニジェルは頷き、その石を拾い上げた。カミーユと頷きあって洞窟をあとにする。

洞窟を抜けると、そこは光があふれる小さな広場になっていた。

大きな月桂樹が大空に枝を広げている。壮大なその姿にイリスは言葉を失った。

その下の石の重なった間から、こんこんと水があふれ出ていた。赤いイヤリングのような花をつけたフクシアにハチドリが群れている。オレンジの実はまだ青い。クチナシはもう終わりを迎えている。足下にはカモミールの可憐な白。ルリジサの青い星。紫色のセージが風に揺れ香ってくる。

月桂樹の木漏れ日を受け光る水は、まるで大樹の雫のように見える。

ちょうど結界の端が月桂樹の根元にかかっていた。ここまでが許された場所なのだろう。

水源の少し下には石造りの四角い枡《ます》が作られ、その中に三角石柱が築かれている。そうすることで三方向に水を分岐させているのだ。その中のひとつをレゼダたちはたどってきたというわけだ。

カミーユはニジェルから守護宝石を預かると、三角柱の置かれた石の枡に近寄って跪《ひざまず》いた。魔獣の血で汚れていた守護宝石を清めようと思ったのだ。

そうして、両手を組み合わせ額につけ、歌うように祈りを捧げる。水のせせらぎ、木の葉のさざめき、小鳥のさえずりがカミーユの声に重なる。

乳白色の光がカミーユの中から滲み出る。激しい光ではなく、淡く穏やかな光だ。

ニジェルはその美しさに息を呑んだ。レゼダもイリスも固唾《かたず》を呑んでその様子を見守る。

カミーユの声がやんだ瞬間、すべての音が消えた。水すらも流れを止めてしまったかのようだ。

光り輝くカミーユは、ニジェルの守護宝石を手のひらにのせ、水に浸した。ユラユラと水の中で手を揺らす。緑の宝石が手の中で転がり、清められていくのがわかる。

チラチラと手の中が光る。次の瞬間、水源からカッと閃光《せんこう》がほとばしった。そして世界に音が戻る。

「ニジェル様！」

カミーユが驚いたように声をあげる。

ニジェルの守護宝石を清めていたはずの手のひらに、緑色の石だけでなく、キラキラと光るオパールのような丸い石があったからだ。

「これは……君の守護宝石だね。君らしくてとても綺麗だ」

ニジェルが眩しそうに見る。

「これが守護宝石……」

カミーユは小さく呟いた。

兄のシティスの守護宝石は魔導士の杖についている。先端にある大きな青い球体の中に、核として埋め込まれており、守護宝石自体を手に取って見るのは初めてだったのだ。

「大きさも魔力も申し分なさそうだね」

レゼダが納得したように笑う。

「すごい！　どうやったの？」

イリスはワクワクとしてカミーユの手の中を覗き込んだ。

「あの、わからないんです、なんだか、胸の中がフワァと温かくなって、そうしなきゃいけないと思ったら、体が自然に。水しかすくってなかったんですけど、気がついたら手の中にあって」

照れ照れとしてカミーユが説明する。

「なるほど、わからないわね？」

イリスは苦笑いする。天才のやり方では、イリスの参考にはならない。

「僕らもこのあたりで見つけられるといいね」

そう言うと、レゼダは地面に探索用の魔方陣を描いた。

朱鷺色の魔方陣から、枝のようにひとつの光が地を這《は》っていく。その光は月桂樹の根から、さらにその幹の表面をキラキラと上っていく。枝にいたハトの足に触れ、ハトが驚いたように羽ばたいた。ハトは結界の光を越え、さらに上と飛んでいってしまう。

その瞬間に、朱鷺色の光は消えてしまった。

「……どういうことだろう？」

レゼダが小首をかしげると、飛び去ったはずのハトが小枝をくわえ、戻ってきた。そしてレゼダの肩にちょこんと乗る。ツンツンと小枝をレゼダの頬に押し当てた。

「くすぐったいよ」

レゼダが笑い、イリスは思わず口元を押さえた。

尊いっ！　眩しい‼　やばい。変な声が出そう。

レゼダがハトから小枝を受け取る。月桂樹の葉がついた小枝には、紫がかった黒い実がなっていた。大樹の実だからだろうか、金貨ほどの大きさだ。

「月桂樹の実にしては大きいね」

手のひらにその実を置いてレゼダは意外そうな顔をした。

「それにこんなに重いものだっけ?」

つるりとした黒い実をレゼダは太陽に透かしてみる。

紫がかった黒に見えたその実は、朱鷺色の光を黒で包み込んだものだった。

「もしかして、これが守護宝石?」

レゼダの問いに満足したかのようにハトが飛び立つ。レゼダは黒い皮を剥いてみる。そこにはダイヤモンドのように輝くピンク色の楕円形の宝石があった。

イリスもニジェルも呆気にとられた。

「あ! もしかしてこの木の上には他の守護宝石がなってるんじゃない?」

イリスはひらめいた。

そして、レゼダが止める間もなく月桂樹の木に飛びついた。イリスが木を揺らしたせいで、鳥たちが慌てて羽ばたいてゆく。

「イリス!」

「危ない!」

レゼダとニジェルの声にイリスは答える。

「ふたりとも知ってるでしょ？　私、木登りは得意なんだから！　ちょっと待ってて！」

「結界の外には出ないでください！」

カミーユが心配する。

「わかってるわ！」

イリスは答え、スルスルと木を登りはじめた。

冷たい木の肌。うっそうと茂った葉が太陽を遮って、枝の中は少し寒い。ひと息つけば、月桂樹の爽やかな香りが鼻の奥に広がった。

「イリス！　戻っておいで！」

レゼダの声に振り返る。その振り向きざまに、目の端になにかが光った気がした。

「守護宝石かも！」

月桂樹の木の先端近く、結界の外側だ。マジマジと目を凝らしてみる。小さなピンク色が、緑の中に見えた。よくよく見れば、五角形の宝石が、下から上に向かって七分目ほどまでサーモンピンクに染まっている。上部は透明で、まるで内容量を示すメモリのように、緑色をした卵に張りついていた。

その卵は枝にぶら下がり、頭頂から放射線状に伸びる四本の金細工は古びてくすんでいる。葉に隠れているから気がつかなかったが、とても大きい。腕でひと抱えほどある。

「まるで豪華なイースターエッグだわ」

イリスは思わず指を伸ばした。指先が結界から出る。

もう少しで届きそう！

イリスは身を乗り出した。肘から先が結界からはみ出した。

その瞬間、卵がイリスを避けるように身じろいだ気がした。突風がイリスに吹きつける。グラリと枝が揺れる。

「卵が‼」

風に煽《あお》られて、卵がポロリと枝から落ちる。イリスは思わず枝を蹴って結界から飛び出した。宙に浮いた卵を抱きしめ、そのまま落下する。

イリスは受け身を取って固く目を瞑った。

卵が割れちゃう‼

「イリス‼」

レゼダの声が響く。

レゼダも結界の外に飛び出す。ニジェルもあとを追い、レゼダの背を守る。そのニジェルにカミーユが保護魔法をかける。

イリスは卵を抱きかかえたまま地面に向かって落ちていく。レゼダが魔方陣を展開する。ネットのように広がった魔方陣にイリスがボヨンと引っかかり、しかし、魔法が切れてさらに落ちる。

レゼダは両手を広げ、落ちてくるイリスを抱きとめた。イリスと卵の重さにスピードが重なってかなりの衝撃だ。勢いあまってふたりは地面に尻餅《しりもち》をついた。砂煙が舞い上がり、レゼダは思わず顔をしかめた。

「それでイリス。どうして木から落ちてきたのかな？」

レゼダは笑ってみせているが、怒りを隠す気はないらしい。

「ごめんなさい……木に登れば守護宝石が見つかるかと思って」

イリスはシュンとして胸の中の卵を抱え込んだ。

「怪我がなくてよかった」

レゼダはため息をひとつついて、イリスの頭を撫でる。

「ありがとうレゼダ。おかげでこの子も無事でした」

イリスはそう言って、抱えていた卵をレゼダたちに見せた。

レゼダはそれを見て言葉を失う。

大きな卵だ。殻《から》は緑色をしている。周囲は古びてはいるが黄金で装飾が施されていた。一見して普通の卵ではないとわかる。

「なんですか？　それ」

カミーユがキョトンとする。ニジェルも同様に不思議そうに見つめた。

レゼダはひとり、大きくため息をついた。

「……まさか……とは、思うけど……」

レゼダは眉間を強くつまんだ。

「僕も本でしか見たことがないんだけれど」

イリスはレゼダを見た。

「レゼダは知ってるの？」

レゼダは控えめにコクリと頷いた。

「妖精の……卵だと思う……」

「えええええええ‼」

イリスが叫ぶと、腕の中の卵がグラグラ揺れた。まるで、うるさいとでも怒っているようだ。

イリスは慌てて口を閉じ、ギュッと卵を抱え直した。

「これは困ったことになったかもしれない」

レゼダが悩ましげに顎に手を寄せる。

「妖精の卵はたしか魔力で成長するはずなんだ。たぶん、この卵はこの月桂樹から魔力を得ていたんじゃないかな」

「どうしよう……それじゃ、この子、死んじゃうの？」

イリスは慌てた。

「……わからない」

腕の中の卵がレゼダに向かってユラユラと揺れる。

「レゼダのほうに行こうとしてる？」

レゼダはイリスの腕から卵を受け取った。

「とりあえずは保護魔法をかけておこう」

レゼダはそう言うと、卵を魔法で包み込む。

そうすると卵はまるでそこが定位置だと言わんばかりに静かに収まった。

「ソージュ様に相談したほうがいいですよね？」

イリスの声に小さな妖精たちが髪からポポポンと飛び出してきた。そして一斉に声をそろえる。

「「「ソージュさまー‼　イリスが呼んでるー‼」」」

フワリとソージュが現れて、セージの爽やかな香りがイリスを包み込んだ。ソージュがイリスを後ろから抱き込んだのだ。

ソージュは紫に透ける六枚の羽を持った妖精だ。イリスが子供のころに出会い、祝福をくれた妖精のひとりでもある。

妖精の中でも六枚の羽は特別なもので、彼女は妖精の長と呼ばれている。ワンレングスの長い髪は紫がかった白髪で、中性的な体つきだ。くるぶしまである長い白いローブに、紫色のストラをかけている。そのストラは以前イリスに切り分けたため、他の長のストラより短い。魔法で直せるのだが、ソージュはあえてそのままにしている。

レゼダが少しだけ眉をひそめる。

「どうした？　イリスよ……」

イリスの髪に頬をこすりつけ問うソージュに、イリスが呆れながら答える。

「あの、あの！　これって本当に妖精の卵なんですか？」

イリスの指さすものを見て、ソージュは愉快そうに笑った。

「これは懐かしいな。そうだ。妖精の卵だぞ。月桂樹の魔力を養分に寝ていたはずだが、落ちたか」

「私のせいで落っこちちゃったみたいで、でも、このままだとこの子は死んじゃう？」

イリスは必死な顔をしてソージュに振り返った。

「このままでは消えてしまうだろうな」

「ソージュ様、どうしたらいいの？」

泣きだしそうなイリスをソージュは愛おしく思いながら、その頬を撫でる。

「なに、簡単だ。魔力を分けてやればよい。そんなにたくさんやる必要はない。少しでよいからずっと与え続けるのだ。抱いていれば自然に魔力など吸い取られる」

ことなげに答えるソージュにイリスは絶望した。

「でも、私、魔力がないんです」

こんなに魔力がないことを悲しいと思ったことはない。

私のせいで妖精が消えてしまう……。

イリスはキュッと唇を噛んだ。

そのイリスの頭をポンとレゼダが撫でた。

「大丈夫だよ、イリス。僕が卵を抱いているから」

レゼダのひと言にイリスはパッと顔を輝かせた。そして、卵を抱くレゼダに抱きついた。

レゼダは顔を赤らめて満足げに笑う。まるでギクシャクしていたのが嘘のようで、レゼダは満たされる。

ソージュは少し不機嫌そうにレゼダを見る。

「そうか、それがよいだろうな。ただし割れたら無になるのを忘れるなよ」

「どれくらいで孵《かえ》るものなのですか？」

レゼダがソージュに問う。

「わからん。ただ魔力の量が多ければ早く目覚めるだろうな。ちなみに、それは七百年眠り続けている」

「七百年⁉　もしかして千年コースなの⁉」

イリスは思わず唸《うな》った。

この世界のベースになっている乙女ゲーム、ハナコロには『千年の眠り』と呼ばれるルートがあるのだ。一度眠りについたら千年起きないというのがデフォルトなら、レゼダはその生涯を卵に捧げることになる。さすがにそれは無茶な話だ。

「ソージュ様、違う方法はないんですか？　妖精の長の力でなんとかなりませんか？」

イリスはレゼダから離れ、ソージュにすがりついた。ソージュは満足げに笑う。レゼダは反対に、顔をしかめた。

「ならないのだと思うよ、イリス。もしできるなら、とっくにしていると思うから」

レゼダの言葉にソージュは、ほう、と微笑んだ。

「ソージュ様は『目覚める』と仰った。この卵は今から生まれるのではなく、もともといた妖精がなんらかの理由で眠りについているのですね？」

レゼダは確認を取るように尋ねた。

「その通りだ。レゼダよ。この卵の中にはいにしえに魔力を使い果たした妖精の長が眠っておる。その魔力が満たされればいずれ目覚めよう」

「だったら、ソージュ様が私に魔力をくれたように、魔力を与えれば目覚めるのではないんですか？」

イリスがソージュに必死な顔を向けた。

「イリスよ、妖精の魔力は他の妖精の魔力に反発する。そして、妖精の魔力は妖精自身の希望しか叶《かな》えない」

　ソージュはイリスの髪を梳《す》く。

「私の魔力は私がしたいことにしか使えない。お前を守りたいと思うから守るが、お前がしたいことを叶えるためには、お前の体を通さなければならない」

「私の体を通す……」

「ワクチンとやらを作ったようにな。私の魔力にお前の願いを付加するのだ。だから、この卵に魔力を分け与えたいのならば、イリスが卵を抱き、私がイリスを抱けばよい。どうだ？　イリス。私と一緒に来るか？　それでもよいぞ。目覚めるのに千年かかるとしても、あとたった三百年だ。それはそれで楽しかろう」

　ソージュは紫色の瞳を輝かせそれは美しく微笑んだ。イリスはあまりの妖艶《ようえん》さに鳥肌が立つ思いで硬直した。

　レゼダを犠牲にするわけにはいかない。だけど、妖精を見放したらきっとよくないことが起こる。ゲームの世界では、人間の聖なる乙女をイリスが殺したあとでさえ、神の怒りに触れ闇に包まれたのだ。妖精の長を殺したとあっては、なにが起こるかわからない。きっとそれ以上のことが起こる。

　ゴクリ、唾を飲み込み、イリスは覚悟を決めた。

　私のせいで卵が落ちたんだもの。私が責任を取らなくちゃ。ただ三百年も生きられない。そのあとはどうするのだろう。生きている間に解決方法を考えなくちゃ。

イリスはギュッとソージュのストラを掴み、顔を上げた。

「ソージュ様……」

「イリスよ……私の可愛い子。お前の望みなら喜んで叶えてあげよう」

ソージュがイリスの手を取ると同時に、レゼダがイリスの手を乱暴に引いた。その背には黒いオーラが漂っている。

「イリス、ひとりで決めないで」

「でも、レゼダ」

「僕が魔力を与えるよ」

「でも、三百年も」

「ソージュ様は意地悪だ。月桂樹の魔力はそれほど多くないはずなんだ。木そのものに魔力があるわけではないからね。自然界に漂う魔力を光と共に吸い取って綺麗にして空や大地に戻す。その過程に生まれるわずかな魔力をこの卵は吸収していたのだと思う」

レゼダの言葉にソージュはニヤニヤと笑う。

「だから、僕の魔力を使えばもっと早く目覚めるはず、でしょう?」

レゼダが睨めば、ソージュはおかしそうに笑った。

「その通りだ。レゼダよ。もう少しでイリスを三百年抱いていられたのに、邪魔をしてくれるな」

「ソージュ様、それは無理です。卵より先に私が死んじゃうわ」

イリスが笑えば、ソージュは驚いたように目を見開いた。

「そうか、そうだったな」

ソージュはそう言うと、イリスの頭を愛おしそうに撫で、レゼダに真面目な顔を向けた。

「今回はレゼダに助けられた。私は過ちを犯してしまうところだったよ。礼を言う。代わりに、ひとつ教えてやろう。この卵は魔力だけではなく、月桂樹の力も必要としているのだ。だから、毎日新しい月桂樹の葉を与えれば、孵るのも早まるだろうな」

「ソージュ様、ありがとうございます！」

イリスがソージュに頭を下げる。

ソージュは儚げに笑うと、跡形もなく消えてしまった。

イリスはキョトンとした。

「ソージュ様はどうしたの？」

イリスに問われレゼダは苦笑いした。

「たぶん、ソージュ様は妖精の時間軸でお話をされていたんだと思う。だから、三百年なんてあっという間だと思ったんだよ」

レゼダはそれを少しだけ切なく思った。

人と妖精は生きる時間の長さが違う。だからこそ、妖精は人と深く関わることに慎重だ。友人になれたとしても、人間は必ず妖精を置いて逝《い》くからだ。

「そうなの……」

イリスはソージュの消えた空を見上げた。さっきまで騒がしかった妖精たちも、なぜかどこかに消えてしまった。

イリスたちはとりあえず学園長に報告すべく下山することにした。

学園長はレゼダの抱える卵を見て目を見張った。学園長もそれが妖精の卵であると知っていたのだ。

「それはどうしたのですか……」

力なく尋ねる学園長とそれを見守るシティス。

「イリスが見つけたのですが彼女は魔力がないので僕が預かりました」

レゼダの答えに地面に膝を突く学園長。

「また……また……イリスさんですか……」

「いったん魔導宮にて詳しいお話を聞かせてください。私もこれは文献でしか見たことがない……」

シティスの目は期待でランランと光っている。

「それで皆さん、守護宝石は取ってこられたんですよね!?」

慌てたように学園長が確認する。

「……あ……」

レゼダとイリスは顔を見合わせた。イリスは守護宝石をまだ見つけていなかったのだ。気まずい気持ちでイリスは学園長から目をそらした。

「……イリスさん……？　まさか」

「シティス様！　早く魔導宮へ行きましょう！　さぁさぁさぁ！」

イリスは学園長と目を合わせないようにして、シティスの背を押し促す。

シティスは苦笑いをしながら頷いた。

「魔方陣を展開します」

シティスの魔方陣がイリスとレゼダを包み込む。

イリスはギュッと体を硬くする。移転の魔方陣は苦手なのだ。そんなイリスにレゼダは笑いかける。

「イリス、不安だからイリスも卵を抱いてくれない？」

そう頼まれて、イリスはレゼダと向かいあうようにして卵を抱いた。レゼダはイリスの体ごと卵を抱き寄せる。レゼダの手のひらがイリスの背に触れ、イリスはホッとして目を閉じた。

なんだか、今まで通りに戻れたみたい。

その瞬間、シティスの魔法がギュンと音を立て発動した。

着いたのは、魔導宮の特殊魔術部門である。

特殊魔術部門の責任者パヴォは妖精の卵を見た瞬間、部屋の中でもかぶっているフードがずり落ちた。あまりに取り乱したため、机の上の書類がバサバサと崩れ落ちる。彼女は聖なる乙女の補佐官であり、シティスの婚約者でもある。

「妖精の卵！　妖精の卵ですぅ！」

そうして、本棚から羊皮紙貼りの分厚い本を取り出して、慌ててページをめくる。ノートにスケッチをし、メジャーで卵の大きさを測ろうとすれば、卵はおびえるように小さく震えた。

「ひやぁ！　卵が震えたわ！　可愛い！　可愛いです！」

興奮するパヴォからイリスは目をそらした。

「ああ、中はどんな風になっているんでしょう？　開けてみたい……。早く中を見てみたい……」

パヴォが舌なめずりをすると、卵がビクンと大きく震えた。

わかるよ、卵ちゃん。パヴォ様のランランとした目、怖いよね……。

少し卵が気の毒なイリスである。

「あの、パヴォ様、卵がおびえているようなので少しお手柔らかに」

イリスが言えば、パヴォはハッとしたように口元を押さえ、気まずそうに笑った。

「も、もちろん、割って開けたりはしませんよ？　信じてくださいね？」

シティスはきっぱりと命じた。

「パヴォ殿は卵に一切触れないように」

「ええ!?」

「妖精との信頼関係にかかわります」

「そんなぁ……でも、大きさとか重さとか……」

「イリスさん、お願いできますか?」

シティスに言われてイリスはコクリと頷いた。さすがにあの状況のパヴォに任せるのは不安があった。

イリスがメジャーを持って卵に近づければ、卵はあからさまにイリスを避けるようにレゼダの胸にくっついた。

「あらら、イリス様も嫌われているようですね?」

パヴォの言葉に、イリスはガーンとショックを受ける。

レゼダは苦笑いをして卵を撫でた。

「少し君のことを知りたいんだ。測らせてくれる?」

レゼダの声に反応するように卵はレゼダの胸にすり寄った。

「僕が君を抱いているから、イリスが測る間我慢してね」

「我慢って……。私、痛いことなんてしないのに……」

レゼダの言葉にイリスがブツブツと言いながらメジャーを押し当てれば、レゼダが吹き出した。

イリスが数字を読み上げ、パヴォがメモをしていく。その間に、シティスが妖精の卵について説明をしてくれた。

「伝説でしかわかっていませんが、どうやら妖精は自分の魔力を使い果たすと卵の中にこもるようなのです。魔力が溜まりきれば卵が輝き、中から妖精が現れるそうです」

「これって、どれくらい魔力が溜まっているんでしょうか」

「生まれる直前になると宝石の色が変わるそうです」

レゼダの問いにシティスが答える。

「今は七分目って感じかな？」

卵についている宝石は、下七分目までピンク色になっていた。

「すべて色が変われば目覚めるんですね！」

イリスとレゼダはワクワクとした。まだ誰も見たことのない妖精の目覚めに立ち会えるかもしれないのだ。

「大切に育てようね」

レゼダの言葉にイリスは大きく頷いた。

卵のおかげで、レゼダはイリスと以前と同じ関係に戻れたことにホッとした。

それから、レゼダとイリスの日々は忙しくなった。イリスは毎朝、学園内にある月桂樹の木を回り葉を集め、カミーユの祈りの込められた水を注いでお礼を言うのだ。

そして、月桂樹の葉と小枝で作った冠《かんむり》を卵にのせる。卵は触れあった場所から魔力を吸収するようで、できるだけレゼダは卵を抱いて歩くようにしていた。

妖精の卵は誰にでも見えるようだ。そのため学園では聖獣の卵ということにした。妖精について知らされていない生徒のほうが大多数のための措置だ。

卵は、一時間も魔力から離れるとなぜかくすんでしまう。そのため授業中もそばに置くようにしていた。

レゼダが卵から離れなければならない間は、イリスが卵を守る。そして、レゼダが卵を抱いている間はイリスがせっせとレゼダの世話をした。

できるだけ早く卵を孵化《ふか》させなければと、レゼダは無理を承知でギリギリいっぱいの魔力を与え続けた。そのため、体力の消耗も激しく、日々やつれていく。

それを心配したのがイリスである。どんどん痩せていくレゼダのために、毎日軽食を作り、食べさせることにしたのだ。

「はい、あーん」

今日もイリスはレゼダに食事を用意した。レゼダは卵を抱えているからイリスが食べさせているのだ。

レゼダはイリスに言われたままアーンと口を開ける。

まるで僕が見ていた夢と正反対だ。

レゼダは幸せな気持ちでいっぱいだ。レゼダの見た夢は、レゼダがイリスに食事を与える甘美なものだったが、現実ではその逆で、夢よりもずっと至福を感じる。

「美味しいよ、イリス」

幸せそうにレゼダが笑って、イリスも幸せになる。

実は、卵に触ってさえいればよいのだから、両手が使えないわけではないのだが、レゼダは黙っている。実際、シャワーに入るときや、実習系の授業などでは少しの間、卵から離れているが問題はないのだ。

イリスはレゼダのそんな思惑は知らずに、不自由そうなレゼダを不憫に思っていた。そこでレゼダのためにスリングを作ることを思いついた。ずっと卵を抱えていてはレゼダが大変だと思ったのだ。

卵はツルツルして滑りやすい。抱いているだけで緊張するのだ。少しでも楽をしてほしい。

イリスは寮のキッチンを借りることにした。ついでにミョウバンも分けてもらう。月桂樹は学園内に何本かあったので、そこから古い葉を拝借した。

厚めの木綿を月桂樹で染める。前世で一度、友達と草木染めをしたことがあったのだ。そのときはあまりに時間がかかり途中で飽きてしまったが、イリスは必死でやり方を思い出した。

葉っぱを切って煮出すのよね？　月桂樹って緑に染まるのかしら？　それとも茶色？　花みたいな黄色かな？

ワクワクとしながら月桂樹の葉を細かく切り、じっくりと時間をかけて煮出す。ザルで葉っぱを濾《こ》せば、レゼダの瞳を思わせるピンク色の染液ができあがっていた。

「うそ！　こんな色になるの？　かわいい！」

月桂樹の花や実からは想像できない色で、イリスはキュンとする。これは卵についている宝石と同じ色だ。宝石の色は、きっと月桂樹の溜めた魔力の色なのだろう。

木綿を浸し、もう一度コトコトと煮る。冷めたらミョウバンで媒染《ばいせん》し、もう一度染液で煮る。

レゼダが卵を入れたスリングをつけている様子を思い描き、なんだか少しおかしくてイリスは笑った。

ゆっくり、丁寧に作ろう。レゼダと卵を守るんだもの。前世のように雑にしない！

イリスは繰り返しピンク色の液に木綿を浸した。繰り返すことでよりレゼダの瞳の色に近くなる。

しっかりと色づいたところで、生地を干した。

月桂樹の香りの満ちる部屋で、朱鷺色の揺らめきを見ながら、イリスは満たされた。

スリングは翌日、リネン室でミシンを借りて縫った。手縫いだとほどけてしまいそうで心配だったからだ。

「スリングを作ってみました。両手で卵を抱いていると不便だと思って」

できあがったスリングをレゼダに渡すと、レゼダはパァァァと笑顔を輝かせた。

そのあまりに純粋な眩しさに思わずイリスは眩暈《めまい》がする。

レゼダ……病み顔も素敵だけど、ピュアな笑顔が尊すぎるっ！

レゼダは卵をそばに置くとイリスをギュッと抱きしめた。

「イリス……」

耳元で囁かれる名前に、イリスの心臓がキュッと音を立てる。イリスはおずおずとレゼダの背中に手を回した。

「ありがとう。イリス」

囁く唇が髪に触れる。恥ずかしさに目をキュッと閉じ、フルフルと頭を振れば、レゼダがクスリと笑った。

「こんなときに目を閉じちゃダメ」

耳元に唇が近づくのがわかる。

学園内でキスとか！　不純異性交遊ですから！

イリスは思わずレゼダの背中を叩いた。

「レゼダ！　早く卵を抱いてあげてください！」

慌てるイリスをおかしく思いつつも、少しガッカリするレゼダだ。ふたりは恋人同士なのだ。これくらい許してほしいと思ってしまう。

「ねぇ、イリスつけ方を教えて？」

甘えるように、ねだるようにレゼダが言う。

イリスはレゼダから離れ、スリングをレゼダの体に通す。そうして卵をそこにそっと入れ、月桂樹で作ってきた冠をのせた。

「ソージュ様が月桂樹を毎日あげるといいって言っていたので」

レゼダはイリスの手を取った。染色時についた色なのか、指先がほんのりとピンク色に染まっている。

「だから月桂樹で染めてくれたの？　もしかして自分で？」

レゼダは驚く。イリスは頷いた。

「草木染めなんて職人しかできないのに……。イリスはよく知っていたね」

イリスは少し焦る。前世の知識とは言えない。

「む、昔、たまたまなにかで読んだことがあって。一日でも早く生まれてほしいと考えて思い出しました！　あやふやでもちゃんとできてよかったです」

イリスは取り繕うように答えた。

イリスは規格外の女の子だが、侯爵令嬢なのだ。こんなこと職人に命じてしまえば簡単だっただろう。それなのに、自ら染めて縫ってくれたと思うとレゼダの胸に愛しさがこみ上げた。

月桂樹の香りの残るイリスの指先にレゼダは軽くキスをした。

ビクリとイリスは体を震わせ、困ったような泣きだしそうな顔でレゼダを見る。

レゼダは思わず息を呑んだ。

かわいくて、どうしよう……。もっと、泣かせてみたい。でも。

「ありがとう」

とっさに笑顔を貼りつける。また同じ失敗はできない。この間のように距離を取られたくないのだ。

「ううん。私にできることは言ってくださいね」

その嘘笑いにイリスが安心したように笑うから、後ろ暗いレゼダは少し苦笑いをした。


おもしろくないのはガリーナである。

レゼダを婚約者候補にと考える彼女にすれば、イリスとレゼダの仲が深まってほしくない。

卵を温めあうふたりを苦々しい思いで見つめていた。

デッカーはそんなガリーナを心配していた。

そこへジャスがやってきた。

「あの卵、邪魔だよね」

人のよさそうな笑顔でガリーナに囁く。

ガリーナはなにも答えない。

「中に聖獣が入ってるかなんて本当は誰にもわからないよ。この国の人間だって、ほとんどは聖獣を見たことはない。いないのかもしれないね」

ジャスの囁きがガリーナの胸の内を灰色に蝕んでゆく。

そう、聖獣なんて嘘かもしれない。わたくしの邪魔をするために口裏を合わせているのでは？

「どこの国でもそうでしょう？　神から権威を与えられた者が王になる。殿下はその神を見たことはありますか？」

デッカーは思わずジャスを睨む。ジャスは、バカにするような薄笑いを浮かべた。そして、ガリーナには聞こえないようデッカーの耳元に囁く。

「不相応の恋なんて不幸にしかならないよ」

デッカーはガリーナへの恋心を見透かされたようでカッと顔を赤らめた。そして、ギュッと唇を噛む。

それを見てジャスは愉快そうにその場を去っていった。


とある放課後のことである。

月桂樹の木陰でイリスは卵を守っていた。

今、レゼダとニジェルとデッカーは剣の手合わせをしている。なかなかデッカーの訓練の時間が取れないため、ガリーナから手合わせをしてほしいとレゼダに願い出たのだ。レゼダにしても自分より強い相手と練習できるのは願ってもないことだ。喜んで時間を作り、定期的に訓練するようになっていた。

ガリーナとイリスはそれを近くのベンチに座り眺めている。カミーユは聖なる乙女の勉強をすべく、祈りの塔へ行ってしまった。

イリスは先ほどまで手合わせを受けていた。今はレゼダと交代したところだ。

ベンチの上にスリングを広げて軽く円を作り、その中を月桂樹の葉で満たす。簡単な台座を作り、そこへ卵を置いた。

卵と隣りあって、一緒にレゼダの勇姿を見守る。

鍔《つば》迫《ぜ》りあいの音が放課後の校舎に反響する。真剣な顔をしてデッカーと向かいあうレゼダは凛《り》々《り》しく美しい。イリスには向けない闘争心剥き出しの表情が男らしく新鮮だ。

イリスは思わずキュンとなる。

「卵ちゃん、戦うレゼダはカッコいいでちゅね」

思わず赤ちゃん言葉で卵に話しかけるイリスである。

チラチラと月桂樹の木漏れ日が卵を撫でて、卵が頷いたかのように見える。イリスは気分がよくなる。

「卵ちゃんも早くレゼダに会いたいでしゅよね。きっと抱っこしてくれまちゅよ」

レゼダはかいがいしく卵の面倒を見続けた。まるで聖母かと思わんばかりの慈愛を向けた。

その甲斐あって卵についている宝石の色は九分ほどがピンク色で、いつ目覚めてもおかしくない。

「その卵はいつ孵るのですか？」

ガリーナがイリスに問う。

「そろそろだと言われているんですけど、はっきりとはわからなくて」

「孵る前に抱いてもいいかしら？」

ガリーナの言葉にイリスは喜んだ。ずっと、卵には無関心なガリーナだったからだ。

「はい！　ぜひ抱いてやってください。きっと卵も喜びます！」

イリスが笑顔で答えれば、ガリーナはうっすらと微笑んで無言で頷いた。

そうして、卵を抱き上げると高い高いをする。イリスは慌てた。

「ガリーナ殿下、あまり高く持ち上げるのは」

「わたくしの国では子供はこうやってあやすものですのよ？　たかいたかいーとね」

ガリーナはそう笑い、卵を高く掲げた瞬間、真顔になった。赤い瞳の奥に、灰色の曇りが見えた。

イリスはゾッとする。

「っ!?」

ガリーナは卵を高く掲げたところで、手を離したのだ。

イリスは慌てて卵の下に滑り込む。イリスの腹の上に卵が落ちてきて、鈍い音がした。

「う」

イリスは嘔吐《えず》きながら卵をなんとかキャッチする。ゴホゴホと噎《む》せるイリスに、レゼダが振り返った。

イリスのおなかの上で卵が光り輝いている。ピシリと卵にひびが入る。

「卵が割れちゃう！」

イリスの声にレゼダが駆け寄る。デッカーはガリーナの腕を取った。

「殿下！　なにをしたのです？」

「なにもしてないわ。ただ、手が滑って……。そう、事故よ」

ガリーナはデッカーから目をそらした。

「なんてことを！　卵になにかあったら事故では済まされません！」

「！　どうせ、嘘でしょう？　見えないものをいるように偽って、みんなでわたくしをバカにして！」

デッカーは手を振り上げ、ガリーナの頬を打った。ガリーナの頭から灰色の煙が抜け出た。

ガリーナは目が覚めたような顔をしてデッカーを見る。

「私が殿下を謀《たばか》ると？」

デッカーの言葉にガリーナは呆気にとられた。

レゼダはイリスの上から卵を抱き上げた。そして急いで魔法で卵を包み込み、ありったけの魔力を注ぐ。イリスもレゼダの体ごと卵を抱きしめた。イリスには魔力がない。それでもなにかしたかった。

「助けて！　助けて！　卵を助けて！　ソージュ様！」

イリスが悲痛に叫ぶ。ぶわっとイリスの髪が広がって、小さな妖精たちが次々に現れた。

続いてソージュが現れ、ガリーナを一瞥《いちべつ》した。

ガリーナはソージュの姿こそ見えないものの、紫色の光を目にして凍りついた。本能的に威厳を感じ、威圧されたのだ。

「不敬な輩《やから》よ、去《い》ね」

ソージュはガリーナに向かって爪弾いた。紫色の風が弾丸の如くガリーナに向かう。デッカーがガリーナをかばって抱きしめる。ふたりはソージュの起こした突風に吹き飛ばされた。

空高く舞い上がり、イリスたちにはもう見えない。

呆気にとられるニジェルを横目に、ソージュはイリスごと卵とレゼダを抱きしめた。

抱きかかえるイリスの体がカタカタと震え、ソージュは戸惑った。伝染病さえも恐れなかった娘が、これほど体を震わせて卵を失うことを恐れているのだ。ソージュの胸の奥に温かい光が広がっていく。

イリスは自分の命より、妖精が消えることを恐れるのだな。ならば私も手を貸そう。

「イリスよ、願え」

ソージュの紫色の魔力がイリスを通じて卵に注入される。卵についていた宝石が、朱鷺色と紫の光で満ちあふれた。

「もう大丈夫だ。ふたりとも卵を地面に下ろしなさい」

ソージュは優しくそう言うと、ゆっくりとイリスの腕を撫でた。

イリスとレゼダは恐る恐る卵を地面に置いた。卵の頭頂から放射線に伸びた金の線から光が漏れてくる。そしてゆっくりと蕾がほころぶように卵が開いてゆく。

緑色の光があふれ出て、あまりの眩しさに直視できず、イリスは思わず目を覆う。

「ふぁぁぁ……。よく寝た」

幼い声が聞こえ、イリスは慌てて卵を見た。

散る間際のチューリップのように開ききった卵の中心には、三歳くらいに見える男の子が座っていた。

緑がかった白い髪はおかっぱで、前髪は眉毛の上で切りそろえられている。大きな緑色の瞳は不遜《ふそん》に輝き、怖いものなどなさそうだ。緑のストラにあしらわれた金の刺繍は月桂樹。園児の着るような白いスモックと短パンにハイソックス。桃色の膝頭に、そして緑色に透ける六枚の羽。

スックと立ち上がると、卵の殻は空気に溶けるように消え、宝石だけが残った。ピンク色の宝石の中に紫の輝きがところどころに飛んで見える。月桂樹の魔力のサーモンピンクと、レゼダの魔力の朱鷺色、それにソージュの魔力の紫が混じりあったのだ。

男の子はその宝石を拾い上げると、満足げに微笑む。

「上質なショタぁぁぁぁ！」

イリスは叫びその場に跪き拝んだ。レゼダはギョッとする。

「久しいな。ローリエ」

「ソージュは変わらないいな」

ソージュが卵の中から現れた男児に声をかけた。

レゼダとニジェルが慌てて跪く。イリスは拝んだままだ。

「緑の妖精の長、ローリエ様ですか？」

レゼダの言葉にローリエは鷹揚《おうよう》に頷き、両手を広げた。

「レゼダ、だっこ」

レゼダは戸惑いつつローリエを抱き上げる。

「魔力をくれた礼を言う」

「無事に目覚められてよかったです」

レゼダが心底嬉しそうに微笑みかければ、ローリエはクシャリと笑った。

「うん、レゼダ」

そう言ってレゼダの首にギュッとしがみつく。その様子にイリスは鼻と口を手で覆い隠した。

尊い。超絶イケメンの抱っこする、激カワショタ。最高すぎる……。

イリスはおずおずとローリエに近寄った。

「私も、私も抱っこしてもいいですか？」

うかがうようにローリエを見れば、ローリエはゴミでも見るような目でイリスを見た。

「おまえは嫌い。あっち行け！」

イリスは思わずふらりとする。

罵《のの》りも……可愛い……。

よろめくイリスを、ソージュは背後から抱きとめた。

「イリスには私がいるではないか。気にせずともよい」

少し不機嫌そうに言うソージュをローリエは怪訝に見た。

「ソージュの愛し子か。珍しい」

「そうだ」

「しかも、シュバリィーなど趣味が悪い」

「イリスは可愛い」

ソージュの答えを聞き、ローリエはイリスをマジマジと見た。

イリスは思わず両手を広げた。

「あの、抱っこ、します？」

イリスの言葉にローリエは忌々しそうに吐き捨てた。

「しない。おまえ魔力ないだろ！　役立たず！」

「ローリエ様、そのような言い方は」

レゼダがローリエを窘める。

「ごめん、レゼダ。怒った？　嫌いになった？」

ローリエはキュルンと瞳を潤ませて、レゼダを見た。

「か・わ・い・いー!!」

叫んだのはイリスである。

「レゼダはこんなことで怒ったりしませんよ！　ローリエ様。だって、ずっとローリエ様を抱いて慈しんできたんですもの!!」

イリスの力説にレゼダは苦笑した。

たしかにそうだ。日々卵を抱き、魔力を注ぎ続けてきたのは誰でもないレゼダだ。愛着は誰よりも持っている。

「今日まで毎日魔力を注いできたローリエ様を嫌いにはなれません。でも、イリスは僕の一番大切な人だから、相手が誰であれ侮辱することは許しません」

レゼダが毅然と答え、イリスは思わず赤面する。ローリエは忌々しげにイリスを睨んだ。

ソージュは思わず吹き出す。

「ローリエ、今しばらくは魔力が必要だろう？　事を荒立てるのは得策ではないな。レゼダはイリス一筋だ。バカにすると痛い目を見るぞ」

ソージュが最後のひと言を発したとき、空気が一瞬凍りついた。

「……わかったよ」

ローリエが悔しげにソージュにそっぽを向けば、ソージュは満足げに頷く。

「ついでに祝福でもしたらどうだ。まだ魔力は足りないのだろう？　祝福すれば魔力のやり取りが楽になる」

「い・や・だ‼　おれは二度と人間なんか祝福しない！」

ローリエがソージュに怒鳴る。イリスたちはその剣幕にギョッとした。しかし、ソージュは気にも留めないように笑った。

「そうか、では、私はお前の目覚めを報告してこよう」

ソージュはそう言うと跡形もなく消えていった。跪いたままのニジェルを見て、ローリエはバカにするように笑った。

「いつまでそうしているつもり？」

「ローリエ様、彼は僕の友人です。仲良くしてください」

レゼダが窘める。ローリエはいたずらっ子のように笑った。どうやら、レゼダに怒られたいようだ。

「はーい。レゼダが言うから仲良くしてあげる。楽にしていいよ」

ローリエの言葉に、レゼダは大きくため息をついた。

これはなかなか大変なことになりそうだ。

レゼダとニジェルは顔を見合わせる。イリスはエヘエへと気持ち悪い笑顔をローリエに向けていて、それもレゼダの頭を悩ませた。


ローリエの目覚めは、王宮、魔導宮、学園にすぐさま報告された。

ローリエによると魔力の回復がまだ不十分で、幼児の見た目をとっているのだという。魔力が回復するまでは、レゼダのもとで過ごすとローリエが主張し、学園もそれを受け入れるしかなかった。

ローリエの姿はほとんどの生徒には見えないため、学業の妨げにはならない。

ローリエはレゼダの周りにまとわりついて過ごすようになった。授業中は膝の上、移動するときはちゃっかり肩車してもらっている。

その様子が可愛らしくて、イリスはほっこりと癒やされた。

一方、ソージュに吹き飛ばされたガリーナたちは黒い森に少し入った場所に落ちた。

デッカーはギュッとガリーナの頭を抱きしめて、自分は背中から地面に打ちつけられた。

背中への衝撃と、ガリーナの重さに挟まれゴホゴホと噎せる。人一倍強い体でよかったとデッカーは心から思った。

急ぎガリーナを起こし、安全を確認する。

「痛いところはありますか？」

おびえきり涙し震えているガリーナに、優しく声をかける。ガリーナは力なく頭をフルフルと振った。

グルグルと獣が喉を鳴らす音が聞こえ、デッカーはガリーナを背に立ち上がった。

黒い獣がふたりを見つめている。オオカミに似た、しかしオオカミとは異なる生き物だ。

これが魔獣か！

デッカーが剣を抜いた瞬間、黒い獣が飛びかかる。デッカーは獣を切った。一体、二体、三体……切り続け、そこには獣の死体が転がった。

ガリーナは初めて見る死を伴う戦いに言葉を失っていた。生まれながらの王女として、王宮で護衛に囲まれ過ごしてきた。王宮内は当然ながら安全で、実際に血を見る体験などはしたことがなかったのだ。

血なまぐさい臭い、湯気の立ち上る死体。殺気だったデッカーは、ガリーナの知らない男のようだった。

デッカーは振り向いた。ガリーナは恐れおののきカタカタと震えている。ガリーナは静かに静かに泣いていた。

デッカーがガリーナの泣くところを見るのは十年ぶりだった。

初めてデッカーが王宮に上がった日、ガリーナは王宮の片隅で隠れるようにして泣いていた。小さな小さな女の子の姿に、王女とは知らずに抱き上げたのが、ふたりの出会いだった。

その出会いをきっかけに、ガリーナがデッカーを指名して、デッカーは平民ながらも王女の護衛騎士のひとりとなったのだ。

あの日泣いていた理由も結局教えてくださらなかった。

デッカーは思い出す。

涙など見せない気高い王女、ガリーナの頬には今涙が伝い、魔獣の血が頬に飛んでいる。慌ててハンカチを取り出し、涙と血を拭いた。しかし、ガリーナの涙は止めどなくあふれてくる。いくらデッカーが拭っても、涙の筋が途切れそうになかった。

デッカーはガリーナを抱きしめ、初めて出会った日のように優しく背をポンポンと叩き慰める。ガリーナはデッカーのシャツをギュッと掴んだ。

「……怒っている？」

ガリーナは王女の威厳を捨てた鼻声で、デッカーに尋ねる。

「いいえ」

デッカーは笑う。その声の柔らかさにガリーナは安心した。デッカーに嫌われるのは嫌なのだ。

「……でも、なぜあのようなことをしたのです？」

「なにもできないくせに、無条件に愛されているのが忌々しかったのよ」

ガリーナは唇を噛んだ。自分は親から認められるために、ずっと頑張ってきた。それでもなかなか認められない。要求に応えればさらなる高い要求が課せられて、その先に際限がない。

私は、何カ国語話せても、女王になるなら当たり前だと褒められもしない。それなのにあの卵は、イリスは、ただいるだけで愛されて。

「わたくしは愛されないのに――」

ずるい、と言葉に出しかけて、最後に残ったプライドでグッと唇を噛む。

デッカーはガリーナが言いかけたことがわかってしまった。彼女を愛している人はいる。少なくとも確実に、ここにひとりいる。

しかし、愛しているとは言葉にできない。でも想いは伝わってほしい。

「殿下も皆に愛されていらっしゃいます」

デッカーは想いを込めて、ガリーナの頭を撫でた。ガリーナはその優しい手に胸が苦しくなる。

「ごめんなさい」

小さな声。初めて聞く王女の謝罪にデッカーの胸は震えた。

幼いころから帝王教育を受け、堂々たる王女として振る舞ってはいるがまだ十六歳の女の子だ。細く薄い肩にのしかかる重圧をデッカーは切なく思う。

ガリーナの熱い涙がデッカーのシャツを濡らし、胸に染みてくる。

主従以上の思いを抱いてはいけない。でも今だけは許してほしい。

デッカーは、両手でガリーナをきつく抱きしめた。

想いの形がなんであれ命をかけてお守りするだけだ。それは変わらない。

ガリーナはその力強さに息を止め、そうして長く息を吐いた。デッカーの腕の中はどこよりも安心する。厚い胸板が温かい。

初めて出会ってから十年、厳しい両親や教師から否定の言葉を受け続ける中で、いつも味方でいてくれたのはデッカーだけだった。

誰よりも信頼してる。でも……それ以上は想ってはいけないのよ。このままデッカーと一緒にいたらわたくしはダメになる。嫉妬して、さっきのように王女らしくないことをしてしまう。

ガリーナは濡れる頬をデッカーの胸に押し当て、大きく深呼吸した。そして、フルフルと頭を振ってから、軽くデッカーの胸を押した。手の甲で目元を拭う。

いつまでもこの胸に甘えるわけにはいかないのだ。

デッカーは名残惜しげに腕を緩め、叩いた頬に残る痕をゆっくりと撫でた。ガリーナは満足げに微笑む。

「もう平気よ。取り乱したところを見せたわね」

ガリーナの毅然とした声に、デッカーは胸を打たれた。

知らない土地で、こんなに恐ろしい目にあったとしても、この方は存分に泣くことも許されないのか。

「いえ、失礼いたしました」

デッカーはガリーナの前に跪いた。

「王女様の頬を打った罪、いかようにも処罰を受けます」

デッカーの言葉にガリーナは胸が苦しくなった。ガリーナはどこまで行ってもデッカーの主人だ。

「いいえ。あなたの判断は正しかったわ。あの場で誰もわたくしを罰しなければ示しがつかなかったでしょう」

ガリーナはすでに王女に戻っていた。

一瞬でガリーナとデッカーを遠くまで吹き飛ばす力。きっと魔力の塊だ。フロレゾン王国が大切に敬う理由がわかる。聖獣の存在を信じず、あまつさえ卵を割ろうとしたために、その怒りに触れた。

ガリーナは己のしたことの恐ろしさにゾッとした。その場で殺されていてもおかしくはなかった。しかしそうなれば、大きな国際問題に発展してしまう。

もし卵が割れていたら、私は王女でいられない。

ガリーナはキュッと唇を噛んだ。

「レゼダ殿下にはわたくしが改めて謝罪に行きます」

「それがよろしいかと思います」

「ギリギリのところでわたくしを正してくれてありがとう、デッカー。わたくしはあなたを誰よりも信じています」

デッカーは王女らしいガリーナを眩しく、美しいと思った。

黒い森を出て、ふたりは学園に向かって歩いた。

美しい王女ガリーナは、ただでさえ人目を引く。それなのに、町外れでハイヒールにドレス姿であればいっそう目立つ。いつもであればすぐにでも馬車を呼ぶのだが、見知らぬ土地でガリーナをひとりにすることはできない。

困り果てていたところに、魔導宮からの馬車がやってきた。シティスが降りてきて、ふたりを馬車に案内する。

「レゼダ殿下よりおふたりをお迎えに上がるよう申しつかりました。宮廷魔導士のシティスです」

「学園で何度か拝見しておりますわ」

ガリーナの答えにシティスは無表情に告げる。

「それでは馬車にお乗りください」

デッカーがガリーナを馬車に乗せる。

「デッカー殿もご一緒に」

「しかし、私は」

「おふたりを無事に送り届けるようにと、レゼダ殿下のご命令です」

シティスが刺々しく言い放ち、デッカーは萎縮した様子でガリーナの隣に座った。

シティスはふたりの向かいに座る。ガタガタと馬車が走りだした。

「卵は無事でしたか」

ガリーナの問いかけに、シティスは冷ややかな目を向けた。片眼鏡の奥の瞳は、あからさまな軽蔑を含んでいた。ガリーナは、イリスたちへ向ける視線との明らかな差に、ゾッとする。

「レゼダ殿下とイリス嬢のお力で無事です」

「よかったわ」

「そうです。ガリーナさん」

シティスはあえて生徒を呼ぶようにガリーナの名を呼んだ。ここからは、宮廷魔導士が王女へ話すのではなく、教師として生徒に指導する、そう宣言したのだ。

馬車の中の空気がビリと引きしまる。

「あなたは助けられたのですよ。もし、あのまま卵が割れていたら、あなたひとりの命では贖《あな》えませんでした。きっと、この国の多くの者が死んだでしょう。そしてあなた方には、他国の人間であるにもかかわらず、魔力の塊の存在を恐ろしいものだと教えていたはずです」

苦々しい気持ちを隠さずにシティスは言った。

ガリーナはスカートを握りしめ俯いた。血の気が引き、自分でも顔が青ざめているのがわかる。

イリスが何度も言っていた。魔力の塊は恐ろしいのだと。その怒りに触れれば、天災や戦乱クラスの災いが起こるかもしれないと。ただ、魔力の塊をはっきりと見たことのないガリーナにすれば、ただの脅しにしか思えなかったのだ。

神を冒涜《ぼうとく》すれば地獄に落ちる、そんなことはガリーナの国では誰も信じない。それと同じだと思っていたのだ。

そもそも、魔法の使えないイリスの言葉だったために、心に響かなかったというのもある。

イリスは魔力がないのに自ら聖女を名乗っているとの噂も聞いていた。これがレゼダやシティスの言葉だったら、受け止め方は違っていたはずだ。

「イリス様は魔法が苦手だと伺っておりましたので」

「信じなかった、のですね」

「違います」

「だが彼女を軽んじておられた」

ピシャリとシティスがガリーナの言葉を遮って、ため息をついた。

「あなた方を飛ばした力は、魔力の塊の中でも大きなものです。そして、イリス嬢の傍らにある力です。この程度で済んだのは、あなた方がイリス嬢の学友だからでしかありません」

指先ひとつでふたりの人間を魔獣の住む森に吹き飛ばす。それを〝この程度〟と言うのだ。

「馬車を用意してくださったのはレゼダ殿下です。しかし、あなた方の居場所を魔力の塊に尋ね、今以上の困難を与えないようにと懇願してくださったのは、イリス嬢です。彼女は、魔力の塊に頼みごとができるこの国でも数少ない聖女のひとりです」

シティスは、ふたりをジロリと睨《ね》めつけた。

「理解できましたか」

ガリーナは身の竦む思いで、小さく「はい」と答えた。

ガリーナがデッカーと寮へ戻れば、そこには友好親善使節団の団長と、別の護衛騎士が待機していた。この騎士は、使節団を護衛している騎士団の責任者だ。数々の騎士団の団長を務めた古参の騎士である。

「このたび、私が王女殿下の護衛騎士を拝命されました」

ガリーナは驚く。なんらかの処罰は覚悟していたが、それにしても対応が早い。

「デッカーと交代ということ？　わたくしはそんな命令を下していません」

「このたびの殿下の不祥事、使節団として看過《かんか》できないと判断されました。殿下におかれましては学園のご厚意に甘え、授業はそのまま参加できますが、その他の時間は寮内にて謹慎、デッカーは護衛騎士を解任となります」

「わたくしの不祥事は認めますわ。もちろんそれに伴う罰も受けます。しかし、それとデッカーのなにが関係あるの！」

「王宮内での殿下の護衛ならば問題ありません。しかし、使節団の一員としての殿下の振る舞いを正せない護衛騎士は不適格と判断しました」

使節団長はきっぱりと答えた。ガリーナは唇を噛む。

団長は女王より、団員の統括を命じられていた。王女といえども、使節団の団員だ。命令には従わねばならない。

「殿下。今は学生ではありますが、殿下の行動は国に影響を及ぼします。ご自重くださいますよう」

「デッカーはどうなるの」

「休暇を取らせます。処遇については国に帰ってから検討いたします」

デッカーはなにも言わず静かに頭を下げ、部屋を出た。護衛騎士の資格を失っては、この寮にいることはできない。

ガリーナは呆然としてデッカーの背を見送った。


デッカーと入れ替わるようにして入ってきたのは、イリスとカミーユだった。

「すみませんでした。怖かったですよね？　大丈夫ですか？」

イリスの言葉にガリーナは面食らう。非難され叱責される覚悟だったからだ。

「わたくしが……悪いことをしたのに、なぜあなたは怒らないの？」

謝罪するつもりだったガリーナは呆気にとられ、問いかけた。

「それにしたって、あんなに飛ばされたら下手をしたら死んじゃいます。しかも着地点を聞けば黒い森だって言うし……。デッカーさんが一緒で本当によかったです」

「でも……当然だわ」

「死んでしまったら謝ってもらえませんし、卵は無事だったので」

イリスが笑い、ガリーナは俯いた。

帝王学を学んできた。人の上に立つすべも。でも、この方にはかなわない気がする。

イリスの社交技術は心許ない。それでも、もっと根本的な力が違う。人を引きつける力だ。嫌悪感も好感も〝関心〟がなければ湧かない感情だ。良くも悪くもイリスには無関心ではいられないのだ。

実際、ガリーナも初めは忌々しく思っていた。侯爵令嬢であり、第二王子の婚約者でありながら、どう考えても振る舞いが令嬢らしくないイリスを、同じ令嬢として恥ずかしいとも思っていた。悪い噂をコントロールする手腕がないことも、王子妃になるにしては実力が足りないと思っていた。しかし、今はどうだ。

好き、とは言えない。でも嫌いにはなれないわね。

「わたくし、本当に悪いことをしたと思っているわ。申し訳ございません。レゼダ殿下には正式に謝罪に伺います」

ガリーナがそう言えば、イリスはコクリと頷いた。

「お怪我はないですか？」

イリスが尋ねる。ガリーナは首を振った。本当は少し擦り傷があったが、この程度の傷は手持ちの薬でなんとかできる。それにデッカー以外の男に肌を見せるのは嫌だった。

「ガリーナ殿下、嘘はダメです」

カミーユが言って、イリスとガリーナは驚いた。

「傷を見せてください」

戸惑い護衛を見るガリーナにイリスは気がつき、護衛に声をかける。

「ドアを開けたままでかまわないので、少し部屋の外へ出ていただけますか？　殿下はドレスの下を怪我されているようです」

イリスの言葉に、護衛騎士は慌ててドアの外に出る。イリスは護衛の横に並んだ。

「カミーユさんは聖なる乙女になる方です。傷の治りを速めることができるんです」

「フロレゾン王国の魔法の力は不思議ですね」

「私もそう思います。ときには恐ろしくも感じます」

護衛騎士は静かに頷いた。

「それにしてもとても早い対応で驚きました。私から報告しようと思っていたのに、報告が遅れて申し訳ありませんでした」

「学園長の使いという方がいらしたのです。お気に病まれるようなことではありません」

ニコリと護衛騎士が微笑む。

イリスは不審に思った。どう考えても対応が早すぎる。イリスの知らないなにかが介入しているとしか思えなかった。

イリスはカマをかけてみた。

「学園長の使い……？　もしかして灰色の髪の方？」

トラブルの前に必ず見かける人物。

「ええ、そうです」

「やっぱり、そうですか」

護衛騎士の答えに、イリスは疑いを確信に変えた。

ジャス……、あなたは何者なの？

8　守護宝石工房で

イリスは少し戸惑っていた。

先日からガリーナの護衛が変更され、デッカーは休暇に入ったと聞いていた。しかし、校舎の陰や木々の間に気配がして、見てみればデッカーがいるのだ。

謹慎中のガリーナは、授業以外で寮の部屋から出ることはない。イリスやカミーユが時折部屋を訪れて、フロレゾン王国の珍しいものや本などを届けるくらいだ。それなのに、デッカーは木々の間からガリーナの部屋の窓を見つめ続けている。

ガリーナやカミーユは気がついていないようだ。

休暇中だというのに、物陰からガリーナを見守るデッカーにイリスはしびれを切らしていた。

イリスは放課後、気配を消して女子寮の周りを歩いた。デッカーに気づかれると逃げられると思ったからだ。

思った通り、デッカーは木に寄りかかって、ガリーナの部屋の窓を見上げていた。

やっぱり……。デッカーさん、ガリーナ殿下のこと、好きすぎじゃない？

イリスは眉間を押さえた。

そっと後ろから近寄りトントンと肩を叩く。

「デッカーさん」

「‼」

慌てた様子で振り返るデッカーの頬に、イリスの人差し指が刺さった。

「隙ありです」

「すみません。まったく気がつきませんでした」

デッカーは苦笑いした。

「任務中ではないのですもの、当然です」

イリスは笑うが、デッカーは少し落ち込んだ。王女の護衛騎士である自分としては、いくら任務時間外でも女の子の気配ひとつ感じ取れないとは情けない。

ガリーナの護衛を外されてから、心にぽっかりと穴が開いたようで、なにもする気が起こらないのだ。自分は必要ないとわかっていても、ガリーナの様子を見に来てしまう。自分に気がつきもしないガリーナにガッカリしつつ安心もする。

そうして一日の終わりにはこの窓を見てから帰るのだ。

「食事をきちんととっていますか?」

憔悴《しょうすい》した顔のデッカーを見てイリスは問いかける。

デッカーは静かに笑った。

「もちろんです」

イリスはそれを嘘だと見抜き、小さくため息をついた。デッカーは気まずく思い、話題を変える。

「イリス様はこんなお時間にどこへ？」

イリスはフード付きのマントをかぶり、緑の巻き髪を隠していた。コットンのワンピースにエプロンをつけ、編み上げブーツを履いている。町娘のような格好で、お忍びで外へ出てきたのがわかる。きっと寮を抜け出してきたのだろう。

それにしても夜の迫るこの時間に、侯爵令嬢が供もつけずに出かけるなど、信じられなかった。

「内緒ですよ」

イリスは、ニヒヒと笑った。

「これに彫刻をするんです」

イリスはポケットから小さな袋を取り出して、レゼダから預かった守護宝石を見せた。

学園内では、藍の山で拾った守護宝石を、仲のいい友人や憧れの先輩に握ってもらい、魔力を込めてもらう風習がある。自然発生的に生徒の中から生まれた伝統だ。

レゼダはイリスに握ってもらおうと守護宝石を渡したのだが、魔力を持たないイリスでは役に立てない。そこで、なにかできないかとソージュに相談したのだった。

「一緒に行きませんか？　使節団の方は、我が国のことを学ぶために交代で休暇を取るのだとお聞きしました」

デッカーは頷いた。護衛の交代について公式的にはそう説明されている。不始末による懲戒であることはレゼダやイリスなど一部の者しか知らない。イリスはそれを承知の上で、デッカーを誘った。

「勉強になると思います」

「いえ、侯爵令嬢ともあろう方が私のような」

「武術の師匠です」

「こんな時間に」

「最強の守護者がいます」

そう言ってイリスが指さした先にはソージュが佇《たたず》んでいた。デッカーは慌てて跪く。

「先にはご迷惑をおかけし、申し訳ございません」

ソージュは片手を上げ、デッカーを制した。

「迷惑をかけたのはお前ではなかろう。顔を上げよ」

「お許しいただけるのでしょうか？」

「初めからお前にはなにも感じていない。あの女は許していない」

ソージュがきっぱりと答える。

「では」

デッカーが言いかけて、ソージュは不愉快そうに睨んだ。

「イリスに免じて無視すると決めた。無駄話は嫌いだ。行くぞ」

ソージュの言葉を聞いて、イリスが駆け寄る。ソージュはイリスを見ると幸せそうに目を細め、当たり前のように手を差し出した。イリスもためらいなくその手を取る。

「デッカーさんも、行きましょう！」

イリスに微笑みかけられ、デッカーは歩きだした。


学園の林を抜けると、イリスはソージュから手を離した。町の人にはソージュは見えないのだ。手を繋いでいると不自然に思われる。

ソージュは少し不服そうな顔をして、それでもイリスの後ろにぴったりとついてくる。

夜の町は賑《にぎ》やかだった。イリスは一軒の店の前で足を止めた。頭上では年季の入った木製の看板が、忌そうに揺れている。そこには『ダルーイの酒場』と書かれていた。

いわゆる大衆向けの居酒屋だ。ゲーム世界だけあって、現代日本のように様々な料理がある。酒やつまみはもちろん食事もとれる。予約もいらないので、イリスが魔導士見習いとして仕事が遅くなったときに、先輩魔導士たちに連れられてきた店だ。

集まる人々の職種も様々で、普通の町人はもちろん、仕事終わりの兵士や、外国からの商人などもいた。

イリスはデッカーと酒場へ入った。デッカーは食事をまともにとっていないようだったからである。

「おー！　ミントちゃん、今日はチェリーくんと一緒じゃないんだね！」

酒場の主人がイリスに声をかける。

「今日はお客さんにご飯を食べさせてあげたくて。ソーセージありますか？」

「ミントちゃんの言ってた、ぶっといソーセージ、入れといたよー！」

酒場の主人がニヤニヤ笑いながら言えば、周りのお客もニヤニヤ笑う。

イリスは意味がわからずに、朗らかに答える。

「ありがとうございます！　あと、コッペパンつけてください！　ふたつ！」

「あいよ。ミントちゃんアイデアのコッペパン、重宝してるんだよ」

イリスはデッカーに席を勧めて、自分も粗末な椅子に座る。ソージュはイリスを愛おしそうに見つめながら、彼女の椅子の背もたれに寄りかかった。

デッカーは驚いた。侯爵令嬢、しかも未来の王子妃がこんな町の居酒屋の薄汚れたテーブルで食事をとるなどにわかには信じがたい。

「ミントちゃんとは？」

デッカーがイリスを見る。イリスは悪戯っぽく笑った。

「お忍びのときはミントって名乗ってるんです。みんな、私がイリスだって知っていますけど、町ではミントって呼んでくれるんです。ミントのときは侯爵令嬢じゃないので、私も気が楽なんです」

デッカーは感心した。イリスは町でも慕われているのだ。

デッカーの前に、粗末な木の皿が置かれた。湯気を立てたソーセージが盛られ、付け合わせのキャベツはカレーで炒められている。

「これ」

デッカーは驚いた。目の前に置かれたのは、自国のものと同じ太めの腸詰めだった。フロレゾン王国ではソーセージは少し細い。胸に懐かしさがこみ上げてくる。

ザワザワとした喧噪《けんそう》も、色々な香りが混じった空気も、少し薄暗いランプや煤《すす》けた天井も、ヴルツェル王国で退勤後に立ち寄っていた酒場に似ている。

カップを打ち鳴らす音に振り向けば、船乗りらしき者たちが大声で話していた。

「温かいうちにどうぞ」

イリスはそう言うと、コッペパンにソーセージとキャベツを挟み、ケチャップとマスタードをかけた。ホットドッグだ。

この世界は乙女ゲームだからなのか、お菓子やドレスなど画面映えするアイテムは種類が豊富なのだが、ホットドッグのような一見普通のアイテムは種類が少なかったりするのだ。魔導士見習いの仕事の合間に、片手で食べられるのはサンドイッチくらいだった。

おかず系がっつりパンが食べたかったイリスは、町のパン屋に頼んでコッペパンを作ってもらったのだ。好きなおかずを挟んで手早く食べられるコッペパンは、下町で大いに受け、今では酒場にまで浸透してきている。

そもそも、アイスクリームとかイチゴデニッシュとかあるくせに、ホットドッグがないってどういうことよ！　ヒロインやイケメンは大口開けて食べちゃダメってことなの？　ま、私は悪役令嬢なので、ホットドッグ食べますけどー！

イリスはためらうことなく手掴みでホットドッグに食らいついた。

熱々のソーセージをハフハフと食べる。垂れてくるケチャップとマスタードに慌てながら食べる姿は、とても侯爵令嬢には見えなかった。

デッカーもパンにソーセージを挟み、手掴みで食らいつく。ヴルツェル王国の下町ではそうやって食べるのが普通だった。フロレゾン王国の柔らかいパンは、自国のものと違いはしたが、それがかえって国への恋しさを募らせる。

イリスは口の端についたマスタードをペロリと舐《な》めた。そんな子供っぽい姿が可愛いらしく、周囲の大人たちはほのぼのとしてイリスを眺めた。

「このソーセージは、ヴルツェル王国のものなのですね」

「ええ、使節団との交流が活発になってきたおかげで、下町にもヴルツェル王国の食材が入ってくるようになったんですって！　パリッパリのソーセージはこうやって食べたいですよね。

学園の食事も美味しいんですけど、ナイフとフォークで切ってたらこのパリッと感が台無しじゃないですか?」

イリスの言葉にデッカーは面食らい、そして笑った。

「イリス様は本当によくご存じです」

「私、〝違いがわかる女〟なんですよ?」

イリスがニヒヒと笑って、デッカーもつられるように笑った。

「おーい! ミントちゃんが食ってるやつうまそうだな! こっちにも!」

「こっちにも三つだ!」

酒場の中に声が行き交う。

「こいつは腕っ節が強そうだ」

酒に酔った男がデッカーをジロジロと見る。どうやらどこかの傭兵のようだった。これ見よがしにさらけ出された筋骨隆々《きんこつりゅうりゅう》とした腕には、刀傷が無数にある。

「強そうじゃなくて、強いんですよ!」

イリスが言えば、ゲラゲラと笑う。

「すげー自信だな、嬢ちゃん」

「ヴルツェル王国の騎士ですからね」

「なに、ヴルツェル王国? だったらいっちょ腕比べしようぜ! 俺は今、ヴルツェル王国の傭兵でよ。腕相撲で勝負だ！」

突然腕相撲大会が始まって、デッカーは戸惑いながらも参戦する。酒場ではこういうことはよくあるのだ。傭兵にしてみれば騎士に勝つことは自分のステイタスを上げることにもなる。腕を認められれば、次の仕事を紹介してもらえることもある。

デッカーは酒に酔った男たちを次々と倒していく。

「いやー、さすがのお連れさんだ！」

「ミントちゃんは、すげーな」

「すごいのは私じゃないでしょ！　デッカーさん‼」

酒場の雰囲気のせいなのか、デッカーもいつもより笑いが大きくなる。久々になんの遠慮もなく笑えたことが不思議だった。

「ミントちゃん、向こうの席からだって」

「ミントちゃん、これうちの割引券、また遊びに来てね」

酒場の人たちがイリスを慕って、テーブルには色々なものが集まってくる。

「わぁ！　ありがとう！　食べきれない分は包んでくれる？」

デッカーはイリスの後ろで佇むソージュを見て呟いた。

「イリス様は不思議な方ですね」

ソージュは自慢げに頷いた。

イリスたちは食事を終え、酒場を出た。酒場で食べきれなかったものは、救貧院《きゅうひんいん》へ届けた。

それからソージュを先頭に町の外れまでやってきた。

掘っ立て小屋の周囲には、星の形をした花が茂っている。青色のルリジサだ。

「着いたぞ」

ソージュはそう言いながら、ノックもせずドアを開けた。

どうやら作業場のようだった。木製の作業台の上には、光の強いランタンがいくつかぶら下がっている。その下には金属の輪が刺さった機械があり、さらに下には、濁った水が入った桶《おけ》が据えられていた。

木やフェルトでできた丸いコマのような部品や、尖った針のようなものが木箱に収められている。砂っぽい床に、汚れた布の垂れ下がる壁。しかし、別の作業台にはビロードの箱の中に光り輝く宝石があった。

部屋の奥には大きな体をすぼめて作業台に向かう人影が見えた。埃っぽい空気の中、大きな背中の男が粗末な椅子に腰かけている。肌の色といい、筋肉のつき具合といい、デッカーによく似ている。年の頃は四十代くらいだろうか。汚れた作業服を着て、エプロンをつけていた。その手は泥のようなもので汚れている。頭にはタオルが巻かれていた。青みがかった白髪はひとつに結ばれ、片側の目を隠すように顎まで伸びた前髪が下ろされている。

男はソージュを見て驚き、慌ててエプロンで手を拭い立ち上がった。

「ソージュ」

「ボリジ、久しいな」

「ああ、だが、この人たちは……」

ボリジと呼ばれた男は呆気にとられた様子で、ソージュに肩を抱かれるイリスとデッカーを見た。

ボリジは不思議だったのだ。ボリジの知っているソージュは人に興味を示さなかったからだ。

「お前の子孫だろう。触れてみよ、お前の欠片《かけら》が残っているぞ」

ソージュがデッカーに視線を投げて、こともなげに答えた。

「え!?」

「は？」

イリスとデッカーが驚いてソージュを見る。

「ご先祖様……？」

父よりも若く見える男にデッカーは戸惑う。

ボリジは切なげに眉をひそめて、ゆっくりと歩み寄った。

「君の名は？」

「デッカー・ボリージです」

「……名前もまだ生きていたのだな」

ボリジはそう言うと、デッカーに握手を求めた。デッカーとボリジが手を結びあえば、ほんのりと紺色にその手が光った。

「温かい？」

デッカーは驚いた。ボリジは小さく笑った。

「ああ、本当に欠片が残っている。……俺はボリジ。君のずっと昔の祖先になる。人の娘と結婚し、妖精をやめたのだ」

「やめられるわけなどなかろうものを」

ソージュが呆れたように呟く。

ボリジは人の娘と結婚した際に、妖精として生きるのをやめ、人として生きる道を選んだのだ。

妖精の長ほどの力があれば、実体化することで、魔力の弱い人間にも姿を見せることができる。ソージュが初めてレゼダやニジェルの前に姿を現したときのように妖精の姿を見せつけることも、今のボリジのように耳や羽を隠し、完全に人型となることも可能だ。

ただし、人型で実体化すると魔力が使いにくくなる。また、妖精型の実体化を見た者は、その後も妖精を見やすくなるため、存在を秘匿とされている妖精たちは妖精の姿のまま実体化することを避けてきた。

しかし、ボリジは人型で実体化を続け人として生活する道を選んだ。そして、妻が亡くなったあとも妖精の世界に戻らず、今でも人間として振る舞っているのだ。

ソージュにはそれが理解できなかった。いくら人間のふりをしても、人間にはなれない。人型で居続けることは、魔力が不自由になるだけでなんのメリットもないのだ。

デッカーはまだ温かさが残る自分の手のひらをしみじみと見つめていた。

「私に妖精が見えるのはあなたの欠片のためですか？」

デッカーがボリジに問う。ボリジは優しげな眼差しで頷いた。

「きっとそうだ。妖精が人になにかを授ければ、そこには不思議な縁が生まれる。また、逆も同じだ。君には俺が妻に与えた欠片が残っているのだろう。それに、妖精の欠片を持つ君は、普通の人間より体が強いはずだ」

デッカーは今まで不思議に思っていたことがすべて繋がったと思った。代々人より強靱な体を持ち、傭兵だった先祖たち。普通の人には見えないものが見えてしまうデッカー。すべて、ボリジの欠片のためだったのだ。デッカーはギュッと手を握りしめた。

クリザンテム学園へ来るまでは疎ましかった妖精が見える力も、今では大切な自分の一部だと思える。平民でありながら、王女の護衛になれるほどの強靱な体を与えてくれたボリジには感謝してもしきれない。自然とデッカーの胸に熱いものがこみ上げてきた。

ボリジがあっての今の自分自身だ。

「私の祖先を生んでくれてありがとうございます」

デッカーは万感の思いを込めてボリジに深々と頭を下げた。

「こちらこそ、生きていてくれてありがとう」

ボリジはポンポンと頭を撫でた。

「そっちの話は終わったか？　本題は別にある。力を貸せ。ボリジ」

「今はしがない宝石彫刻師だ。貸せる力などないよ」

「この子に宝石彫刻を教えてやってほしい」

ソージュは、イリスをボリジの前に押し出す。

「イリス、こいつは藍の妖精の長、ボリジだ」

イリスはハッとして、慌ててカーテシーをする。

「イリス・ド・シュバリィーと申します。ボリジ様」

「いや、そんなにかしこまらないでいいよ。今の俺はただの人だから」

「いい加減、人間ごっこはやめろ」

ボリジの答えにソージュは舌打ちをした。ボリジはソージュに無視を決め込む。

「それで、宝石を彫りたいの？」

ボリジの問いかけに、イリスは頷き、持ってきた守護宝石を見せた。

「これは、大きな魔力のある石だね」

「私は魔力がないんです。みんな、大切な人の守護宝石に魔力を込めるのですが、私にはそれができなくて、なにか他の方法はないかとソージュ様に相談したんです。そうしたら、宝石を彫ってみたらどうかとアドバイスをいただきまして」

「そうか、本物の守護宝石は硬く、普通の店では難しいからね。なにを彫りたい？」

ボリジがバサバサと図案表を広げる。

イリスはおずおずと自分の持ってきた紙をボリジに見せた。

「これもできますか？」

ボリジは目を見張る。

「妖精文字が書けるのか」

「ソージュ様に教えていただきました！」

イリスが自慢げに答えれば、ボリジは泣きだしそうな顔で笑った。

「意外だな」

「…………」

ソージュは無言でイリスを見て慈しむように微笑んだ。

「ああ、できるよ」

「それをデッカーさんにも教えていただけませんか？」

デッカーが驚きイリスを見る。

「デッカーさんも、守護宝石を持っていますよね？」

イリスの問いにデッカーは頷いた。守護宝石を見つけたまではよかったが、魔法に嫌悪感を示すガリーナに受け取ってもらえなかったのだ。しかし、デッカーは『いつか心がほぐれたら渡す機会もあるだろう』と、大切に持ち歩いていた。

「フロレゾン王国を知るきっかけになると思うんです。どうですか？」

イリスの言葉にデッカーはハッとした。

ガリーナのことが心配で、職務を外されてからもデッカーは周囲に隠れて王女の護衛を勝手に務めてきた。休暇中はフロレゾン王国について学ぶように言われていたのに無視している状況だ。イリスが遠回しにいさめてくれているのだとデッカーは気がついた。

デッカーはコクリと頷いた。このままではいけないのだ。王国の騎士として、私情を挟んではいけない。命令を無視し隠れて護衛するなど、他の護衛を信用していないと言ったも同然だ。今すべきは、王女の護衛ではなくフロレゾン王国について学ぶことだ。王女が学べない学園外の様子を知り、それを伝えるのが役目だと気がついた。

「お願いいたします。フロレゾン王国の宝石加工技術は我が国でも有名です。ジュエリーを買うならフロレゾン王国のものに限ると王女も話しておられました」

デッカーの言葉にボリジは嬉しそうに笑った。

デッカーはポケットから、夕焼けのようにまろやかに光る石を取り出した。とても大きなものだが軽い。

「あの山からレッドアンバーが出たのか。珍しい。うっすらと魔力もある」

ボリジは赤い石を掴んでマジマジと見た。

「これにグラジオラスを彫ることはできますか？」

グラジオラスは、ガリーナの好きな花だ。気高くスラリと咲く深紅の花は、まるでガリーナのようだとデッカーは思っていた。

デッカーの問いにボリジは頷いた。

「この石なら柔らかいからすぐにできる。アクセサリーにするには大きすぎるから、ふたつに分けたらいい」

デッカーは頷いた。

「では決まりだな。イリスは夜しか通えないから、先に教えてやってくれ。デッカーはどうせ暇なのだろう、昼間に教えてもらえ」

ソージュがそう言って、イリスとデッカーは「お願いします」と頭を下げた。

それからデッカーは、使節団の宿舎からボリジのもとへ通うようになった。宝石加工の技術指導を受け、フロレゾン王国の話を聞く。町にも積極的に足を運ぶようになった。『ダルーイの酒場』で知り合った人々が声をかけてくれ、新しい店なども紹介してくれるのだ。

デッカーの宝石はふたつに分け、ひとつはガリーナ、もうひとつはデッカーが持つことにした。柔らかい素材だったため、少し複雑なグラジオラスを描いている。

夜にはイリスがソージュと共にやってきて、宝石に妖精文字を彫る。ふたりとも透明度の高い宝石を使うため、宝石の裏側から彫るインタリオという技法を取ることになった。

今夜はデッカーもやってきていた。ふたつ分の彫刻をしているため、夜もたまに作業をするのだ。

宝石彫刻は汚れ仕事だ。まず図案を描き起こす。そして、柔らかな素材を使って練習をする。その後、本番となる。

木の作業台には据えつけの研磨機がある。尖った棒の先の部分を、描く線の太さによって替え、宝石を掘っていく。機械が固定されているため、宝石を動かして彫るのだ。これが普通に文字を書くのと勝手が違い、難しい。足で機械をこいで研磨機を回転させ、回転している棒の先に宝石を押し当てる。石が削れて細かい粉塵が飛び散る。

もちろん魔法で機械を動かすこともできる。しかし、イリスは自分の力で彫りたかった。

イリスの宝石は硬いため、特別な棒を使った。同じ硬度を持つ守護宝石でなければ守護宝石は削れない。これほどの種類の守護宝石を使った機械を持っているのは、ボリジが妖精の長だからだろう。守護宝石は購入するととても高価で、機械につけようと思えないのだ。

「ボリジ様はなぜ宝石彫刻師になったのですか？」

イリスが尋ねる。

「俺の妻が宝石彫刻師だったんだよ。一緒に暮らすうちに自然とそうなった」

「デッカーさんのご先祖様ですね。妖精と人が結婚できるなんて知りませんでした」

イリスが微笑めば、ボリジは曖昧に微笑んだ。

「できるわけなどあるまい」

ピシャリと言ったのはソージュだ。

イリスとデッカーは驚いてソージュを見る。

「子が欲しいと言った女のために、ボリジは瞳をくれてやった。妖精には子をなす核がないからだ。瞳を核にして生まれたのが、デッカーの祖先だ。それで人間に情が移ったのか、今でもボリジは人のふりをしている」

「俺は後悔してないよ」

ソージュの言葉にボリジは返す。

「人にもなれないのに？　しかも瞳を失ったせいで祝福は二度とできなくなった。老いることも死ぬこともない私たちは、人の社会で不審がられる。だからボリジは定住できずに、人目を避けて生きている。自分を妖精だと認めれば、こんな汚れ仕事をする必要はなくなるのにだ」

デッカーは悲痛な目でボリジを見た。

ボリジはまっすぐにデッカーを見つめる。

「デッカー、君に負い目を感じてほしくない。私は人間として生きる自分が自分らしくて好きなんだ。好きな女とその子供と、人として幸せに過ごした数十年はなににも代えがたい日々だったからね。俺とあの人が生きた証しが、今まで続いてきてくれた、それがなにより嬉しい」

ボリジはそう言うと、デッカーの頭を抱きしめた。

「人はいつか死ぬ。でも、出会ったことは無意味じゃない。ソージュ」

ボリジはソージュに微笑みかけた。

ソージュは気まずそうに目をそらし、「そうだな」と呟くとイリスの頭をギュッと抱きしめた。そして呟く。

「ローリエが目覚めた。久々に八人がそろう」

イリスは首をかしげた。

「八人？　妖精の長は七人ではないのですか？」

「人が妖精の長と呼ぶ者は七人だ。しかし、私たちのような存在は八人」

「え？」

キョトンとしてイリスがソージュの目を見つめる。紫色の神秘的な目は、スウと細められた。

「イリスは私が守ってやる。安心せよ」

「え？」

ボリジはなにか考えるようにして、窓の外を眺めた。

そうして数日後。ようやく、イリスとデッカーの守護宝石の彫刻が完成した。

最後の仕上げに熱中しすぎたせいで、いつもより少し遅くなってしまった。しかし、充実した気分でボリジの作業小屋を出る。

イリスはきちんとマントをかぶり、ソージュに目配せした。帰りは、ソージュの魔法で部屋まで送ってもらうのが常だったからだ。

イリスとデッカーが別れようと手を振りあったそのとき、数人の男たちに囲まれた。ふたりは思わず背を合わせ臨戦態勢になる。作業小屋の周囲に咲いているルリジサがカサコソと揺れる。

ひとり、ふたり、小屋の裏側にふたりかしら？　林の中に三人、馬もいるわね？　素人くさいわ。

ザッとイリスは計算する。ソージュは悠々と構えている。

鞭も持ってるし、デッカーさんもいる。ソージュ様もいるから、野盗なら瞬殺ね。鞭戦の練習にはもってこいだわ！

イリスはニヤリと笑った。

「デッカー・ボリージだな？」

声と共にランプが点けられる。そこに照らし出されたのは、ヴルツェル王国の使節団員だった。

「はい」

デッカーが答える。イリスは呆気にとられた。

野盗じゃなかったー‼　よかった、早まって攻撃しなくて……。

そう思いつつ実戦ができなかったことを少し残念に思う。

「デッカー、たびたび、怪しい女とここで密会していると聞いた。我が国の情報を漏らしている疑いがある。お前たちを拘束する」

そう言うとデッカーを取り押さえ、イリスの腕を取る。

怪しい女って私のこと？

イリスはキョトンとした。

ソージュが指を振り上げようとして、イリスがそれを抑えた。

「ダメ！　ソージュ様！　話せばわかってくれます‼」

そうでなくてもこの間、ヴルツェル王国の王女を吹き飛ばしたばかりだ。また同じことをして、両国間の関係にひびが入っては困る。デッカーも二度目となれば、どんな罰を受けるかわからない。

「おい！　女！　なにを話してる！」

なにもない闇に向かって話すイリスにおののき、男が怒鳴る。

イリスは頭にかぶっていたマントを外した。こぼれるミントグリーンの巻き髪に男たちが息を呑んだ。妖精たちの気配のせいで、神々しく輝いて見えたのだ。

「私は、イリス・ド・シュバリィーです。怪しい者ではございません」

使節団の団員はお互いにコソコソと話しあう。侯爵令嬢がこんなところにいるとは信じられなかったのだ。

「本人との確証が得られませんのでご同行願えますか」

「かまいませんわ。逃げたりいたしませんので、少し力を緩めていただけると嬉しいのですけれど」

イリスがニッコリと笑うと、手を取っていた男はバッと顔を赤らめて手を離した。

「失礼いたしました」

「ありがとうございます」

「……は、はい」

ぼーっとする男に、隣にいた男が肘でつつき耳打ちをする。

「おい！　魔女かもしれないんだぞ。昨夜だっていきなり消えたんだからな」

「お、おお」

イリスはそれには聞こえなかったふりをして、リーダー格の男に目を向けた。

「そちらの馬車に乗ればよろしいの？　行き先は使節団の宿舎かしら？」

リーダー格の男は黙って頷いた。突然男たちに囲まれたにもかかわらず、動じないイリスに恐れを感じたのだ。普通の令嬢なら泣きだしてもおかしくない状況だ。平然としている姿に疑いを深める。

イリスはソージュに目配せをした。

「『イリスは使節団の宿舎にいるから心配ない』とニジェルに伝えてくれませんか?」

イリスがソージュに言えば、ソージュは不機嫌な顔をして「レゼダに伝える」と答え消えた。

周囲の男たちは、またも闇に向かって話すイリスに恐怖を感じた。

イリスは自ら粗末な馬車に乗り込んだ。デッカーは縄を打たれた状態で同じ馬車に乗せられた。

リーダー格の男はギクシャクした様子でイリスの前に腰かける。腰の剣に手をかけている。変な動きがあれば斬る、そういう脅しだ。

そんなに警戒しなくてもいいのに。どうせ、身分がわかれば誤解も解けるでしょ。

イリスは楽観的に考えていた。

使節団の応接間にイリスは通され、悠々とお茶を飲んでいた。デッカーは別室だ。

「やっぱりヴルツェル王国の陶器は美しいですね」

お茶を運んでくれたメイドに声をかければ、メイドはギクシャクと笑ってそそくさと部屋をあとにする。

まさか本気で魔女だと思ってるわけじゃないわよね？

メイドはヴルツェル王国の人間らしい。

しばらくすると、レゼダが応接間に顔を出した。イリスはピョンと椅子から飛び下り、レゼダに向かって駆けてゆく。

「レゼダ！」

「イリス……」

レゼダが小さくため息をつく。

「本物のイリス・ド・シュバリィー侯爵令嬢で間違いないですか」

レゼダの後ろから声をかけてきたのは、使節団長だった。

「間違いありません」

レゼダが答える。

「まさか侯爵令嬢が、夜更けに町外れの作業小屋に男といるとは思わずにご無礼をいたしました」

イリスを軽蔑するように見て、使節団長は言った。

「私どもも無礼を働いたとは思いますが、どうしてそんなことをなさったのでしょう？　しかも今夜たまたまではないと聞いております。ここ数日、毎夜、なにをされていたのですか？」

イリスはとっさに答えられずに、目をそらした。

守護宝石を彫っていたのはレゼダに秘密なのだ。きちんとラッピングして渡し、驚かせたかった。デッカーにしても、ガリーナには秘密にしていたのだ。ここで、イリスがネタばらしをしてよいと思えなかった。

口ごもるイリスにレゼダは冷たい視線を向けた。

「言えないことなの？　イリス」

「いえ……、そうじゃなくて、今は、ちょっと、まだ」

「言えないんだね？」

肩を落とすレゼダに、団長が言った。

「王子妃候補者が我が国の騎士と通じ、ガリーナ王女を害そうとしたとあっては、見過ごすことはできません」

レゼダは無表情で頷いた。

「ごもっともです。彼女はこちらで拘束いたします。こちらの設備では彼女は簡単に抜け出せてしまいますから」

「フロレゾン王国を信用せよと？」

「難しいとは思いますが、それ以外方法はありません。消えるところを見たのでしょう？」

「っ」

使節団長は反論できない。

レゼダの言葉にイリスはゾッとした。

「レゼダ！」

「殿下と呼びなさい。イリス嬢」

サアッと音を立てて、血液が頭からつま先へ向かって落ちていく。ブルリと体が震えて、すがるようにレゼダを見た。レゼダの目は冷たいままだ。

レゼダに嫌われた……。

「レゼダ殿下！　私はデッカーさんと密通なんて、だって」

「イリス嬢」

レゼダがピシャリとイリスの言葉を遮る。

「大人しく従いなさい。でなければ魔法拘束することになる」

イリスはグッと口を噤んだ。

魔法拘束……。されたことはないけれど、移転だけであれだけ気持ちが悪いのに、ずっと拘束されたらどうなるの？

イリスは想像しただけで目の前が真っ暗になり、思わずふらついた。祈りの塔でのことを思い出したのだ。

「……いや……、やだ……」

フルフルと頭を振る。

「嫌なら大人しく従うんだ」

イリスは涙目で頷いた。

堂々としていたイリスが急に大人しくなったことで、使節団長は驚いたようにレゼダを見る。

「その魔法拘束とはどういうものですか？」

「魔導士など魔力を持つものが罪を犯したとき、拘束器具に魔法が使えなくなるための魔法をかけるのです」

「今かけてもらえませんか？」

使節団長は試すような目でレゼダを見た。まだ、レゼダを信じ切れていないのだ。

レゼダは小さく肩を竦めた。

「彼女が罪を犯したとは決まっていません。屈辱的なものを使ってもし罪がなかった場合、あなた、責任が取れますか？　王子妃候補でなくても、我が国の侯爵令嬢だ」

レゼダが穏やかに笑う。その美しい微笑みの中にひそむ圧力に、使節団長は慌ててグッと息を呑んだ。

「っ、それは」

「ああ、意地悪が過ぎましたね？　僕のことを信用したいのでしょう？　理解できます。ならばこれでどうでしょう？　スカーフで効果のほどを確認ください」

レゼダは首のスカーフを取り、杖で魔法をかける。スカーフがほのかにピンク色に輝いた。

それをイリスの首に巻きつける。

魔法拘束なんて、嫌！　怖い！

イリスはギュッと目を瞑った。

しかし、イリスの首元はなんの痛みも感じなかった。ほのかに温かいくらいだ。

朱鷺色の魔法はキラキラとシルクのスカーフを光らせている。先ほどまでレゼダが身につけていたものだからだろう、ふんわりとレゼダの香りが漂ってきた。

痛く、苦しく……ない？

イリスはヒクリと喉を震わせた。顔が赤くなる。瞳が潤んでしまう。スカーフの柔らかさは、まるでレゼダの優しさそのもののようだった。

「これで彼女は逃げられませんよ」

レゼダはイリスに目配せしてから、周囲に流し目を送る。

きっと、相手を納得させるため、魔法拘束したふりをしたんだ。

レゼダの思惑に気がついて、イリスの心臓がドキンと跳ねた。

レゼダは信じてくれている！

ドキドキと心臓が早鐘を打つ。イリスの体温が上がって、レゼダとイリスの香りが交わる。

首にキスされたときのことを急に思い出し、イリスはよろめいた。

でも、これは。これは、恥ずかしい……。

「レゼダ、これ、やだ、レゼダ殿下……」

涙目になり弱々しくレゼダの名前を呼ぶイリスに、周囲がシーンと沈黙し視線が集まった。

先ほどまで堂々と男と渡り合ってきた令嬢が、嘘のようにレゼダにすがっている。

「……すごい魔法だ……。スカーフひとつで抵抗できなくさせてしまうとは……」

唸りながら団長が呟き、レゼダはハッとした。イリスに見惚れていたのだ。

レゼダは周囲の目からイリスを隠すようにジャケットの中にイリスを包み込んだ。

そして素知らぬ顔で微笑んでみせる。

「ご納得いただけましたか」

イリスはレゼダのジャケットの中で身もだえる。レゼダの体温や、声や、香りが暴力的にイリスを包み込んでくる。

肩を抱くレゼダの体に、イリスはピタッと抱きついた。多幸感でフワフワとして足下が覚束ない。自力で立っていられない。このままではダメになってしまいそうだ。

「殿下、おねがい……、大人しくしますから、外……して」

ジャケットの中であえぐようなイリスの声に、周囲の男たちはゴクリと唾を飲んだ。

「ダメだよ、イリス、お仕置きだ」

レゼダ様、カッコいい……。いただきます、ごちそうさまです。もうおなかいっぱいです。

レゼダの言葉に、イリスはそのまま気を失った。

レゼダはくったりとしたイリスを優しく受け止め、抱き上げた。その絵画的な美しさに部屋中にため息が満ちた。

レゼダは軽蔑するように周囲を一瞥した。その場にいた人々が怯んで一歩下がる。

「では、よろしいですか？」

無言でコクコクと頷く団長を尻目に、レゼダはイリスを抱いたまま悠々とその場をあとにした。


イリスが目覚めたのは柔らかなベッドの上だった。豪華な天蓋《てんがい》には、紺色の地に金の星々が描かれている。自宅でも寮のベッドでもない。

耳慣れた優しい声にイリスは起き上がった。レゼダだ。

「目が覚めた？」

「殿下……」

「名前で呼んで」

「レゼダ」

「さっきはごめんね、イリス」

イリスはフルフルと頭を振った。首元にはもうスカーフはない。それにホッとしつつ、寝ている間にほどかれたのかと思うと、それはそれで恥ずかしかった。

「わざと拘束するふりをして、私を助けてくれたんですよね？」

レゼダは頷いた。

「でも、イリスがあんなになるなんて思わなかったから……ごめん」

真っ赤な顔で気まずそうに目をそらすレゼダに、イリスまで顔が真っ赤になる。気まずい空気になってしまうふたりだ。

と、とりあえず、話題話題！

「あ、あ、あれ、あの、魔法、拘束魔法じゃなかったんですよね？」

イリスはワタワタと話題を振る。つっかえて声が裏返る。

「うん。イリスには魔力がないから、たとえ魔法をかけても普通の拘束以上の意味はないからね」

「そうなんですか？」

「拘束魔法っていうのは、魔力が使えないよう拘束具に魔力を吸収させる魔法だから、魔力の少ない人に使ってもただの拘束具だ」

イリスはそんなものなのかと思う。

「イリスは魔法に対する反応が独特なんだよ。例えば、これはどう？　いつもと違って見える？」

レゼダは自分に向かって魅力増加の魔法をかけた。

「いつも通りです」

「だよね」

レゼダは苦笑いする。

「こっちは?」

イリスの手にレゼダは自分の手をかざす。イリスの手をピンク色の光が包んだ。

「温かい?」

「うん。やっぱり」

「なにがやっぱりなんですか?」

「たぶんだけど、他人やアイテムにかけられた魔法はイリスに効かない。でも、イリスの外側、表面に作用する魔法は比較的かけやすいみたい。今のはイリスの手を温魔法で包んでみたんだ。逆にイリスの内部に作用する魔法は、宮廷魔導士クラスの魔力がなければかけられないし、かかっても拒絶に近い反応が出るようだね」

「ああ、だから、カミーユさんの保護魔法は平気で、パヴォ様の治癒魔法は気持ちが悪いんですね!」

「たぶん。保護魔法はベールのように外側にかかるからね。でも治癒や移転は、体自体に変化を求める魔法だから」

「気持ち悪くなるのね」

イリスは合点がいったように、手をポンと叩く。

「それで初めにレゼダが自分にかけた魔法は？」

「魅力増加の魔法。僕にかけた魔法だから、イリスには効かなかったみたいだね」

レゼダが苦笑いする。

「それは、レゼダの好感度がカンストしているからでは？」

イリスは思わず突っ込む。

「かんすと……？」

「！　それでスカーフの魔法はなんだったんですか？」

イリスは慌ててごまかした。

レゼダはイリスから目をそらし、口元を隠して小さく呟いた。

「あ、えっと」

珍しく歯切れが悪い。

「え、変な魔法だったんですか？」

イリスは疑わしい目でレゼダを見る。

だからあんなに恥ずかしかったんだ。

「いや、違うよ！　違う！」

「じゃ、なんなんですか？」

イリスがレゼダに詰め寄った。

「安息魔法……」

「安息魔法？」

「大丈夫だから、安心して、って。人の気配を移すことで、安心させる魔法。眠れない子供に、この魔法のかかったぬいぐるみをプレゼントしたりすることが多いから、安息魔法って呼ばれてる……」

レゼダが顔を赤くしてチラリとイリスを見る。

「物にかける魔法だし、イリスは魔法にかかりにくいし、効果は期待してなかったんだけど。まさか気絶するなんて……」

「ぎゃーー‼　思い出さないで‼」

耳まで真っ赤になったイリスは、ベッドの上で膝を抱え込み、膝に頭をつけて小さく縮こまる。

たぶん、魔法のせいじゃないわ。安息どころじゃなかったもの！　純粋にレゼダの優しさにやられたんだわ。恥ずかしくって死にそう、いっそ死にたい……。

レゼダは膝の間に顔をうずめるイリスの頭をポンポンと撫でる。

「で、結局デッカーとはなにをしていたの？」

レゼダに尋ねられ、イリスはポケットから守護宝石を取り出した。薄紅色の宝石に、一見すると装飾のようにしか見えないが、イリスの名前が妖精文字でインタリオ加工してある。

「これを作っていたんです。こんな風に渡すつもりじゃなかったんですけど、受け取ってくれますか？」

レゼダは目を見張った。

「僕の守護宝石」

「私じゃ魔力を込められないから。でも、なにかできたらと思って、妖精文字で私の名前を彫りました。ちゃんとラッピングして、驚かせたかったんです。デッカーさんもガリーナ殿下に差し上げるために作っていて……。だから、それをあの場で私が話してしまっていいか迷ってしまって。ごめんなさい」

レゼダはイリスの手から守護宝石を受け取ると、その宝石に軽くキスをした。

「ありがとう……イリス」

イリスは頭を振る。

「逆に迷惑をかけてしまいました」

レゼダは困ったように笑う。

「デッカーの守護宝石もガリーナ殿下に渡るよう働きかけてみるよ」

「ありがとうございます！」

「でもね、イリス、少しの間、君は学園に戻れない。使節団の手前、デッカーの疑いが晴れるまで、一応君をここに監禁しなければならない」

レゼダの硬い声に、イリスは顔を上げた。

グルリと室内を見回す。綺麗に整えられた部屋。毛脚の長い絨毯《じゅうたん》。繊細な彫刻が施されたサイドテーブルもある。北側に小さな窓があり、鉄格子がはめられていた。ドアはふたつあるが、ひとつは鉄格子だ。

ヒュッと息を呑む。

似てる。ゲームのカミーユが監禁されていた部屋に。

ゲームの監禁場所は祈りの塔の一角だった。

「ここは……どこですか……？」

イリスは恐る恐る聞いた。

「僕のベッドルームだよ。急遽、窓とドアに格子をはめてもらった」

「王宮……ですか」

「うん」

イリスは言葉を失った。祈りの塔でなかったのはよかったが、レゼダの寝室とはそれはそれで問題だ。

「もちろん僕は別の部屋で寝るよ！　奥にはバスルームもある。自由に使って。食事はきちんと運ぶし、不自由はさせない！」

レゼダが慌てて付け加える。鉄格子のついていないもうひとつのドアは、バスルームに通じているらしい。

「寮には戻らないんですか？」

「もちろん」

イリスが尋ねればレゼダは即答する。

「面会は可能ですか？」

「面会は……」

チラリとレゼダは鉄格子を見た。

「あの格子越しならいい」

「え……。ニジェルも？」

「僕以外、この部屋には入れない」

気まずそうにレゼダは目をそらした。

「う……そ……」

「差し入れは受け取れるし、欲しいものはすべて用意する！　だから」

イリスはレゼダをジッと見た。

「……だって、こうでもしなければ君を引き渡す羽目になる。そうしたら、どんなことになるか」

「どんなことって、大袈裟ですね。私だって大人しくすべきときは大人しくしますよ？」

イリスは苦笑いした。

私、どれだけ大暴れすると思われてるの？

「いや、僕が」

「は？」

「あんなやつらに君が傷つけられたら……」

ゆらり、レゼダの背中にどす黒いオーラが立ち、イリスはびっくりした。

「なにをするかわからない」

ゾッとしてイリスは目をそらす。

レゼダもモンペだった。……そうだ、モンペはもうひとりいる。

「そういえばソージュ様はお怒りじゃないんですか？」

レゼダは肩を竦めた。

「拗《す》ねていらしたよ」

「拗ねていた？」

「レゼダばかりずるい、と」

「……ずるい」

どうにも妖精の価値観はわからない。デッカーが捕らえられたことより、イリスが疑われたことより、イリスがレゼダのもとにいることが気に入らないらしい。

「でももし、ソージュ様のもとにイリスが行けば、相手には消えたように見えるだろうし」

「そうですね」

「それでさらに騒ぎが大きくなれば」

「今度こそソージュ様がお怒りになるでしょうね」

イリスが言えば、レゼダは小さく頷いた。

「あの人が暴走したら王都炎上ぐらいしかねない」

「…………」

イリスは大きく息を吐いた。

せっかく『千年の眠り』ルートの王都炎上を阻止したというのに、またも危機とはたまらない。

「大人しくここにいます」

イリスがしおらしく答えれば、レゼダはパァァァと顔をほころばせた。

「あの、レゼダ、喜んでないですよね？」

「うん！　全然！」

レゼダは満面の笑みで元気よく答えた。

イリスは戸惑っていた。

なぜか。それはレゼダの部屋での生活が快適すぎるからである。

なんといっても、三食プラスおやつに昼寝付き。朝風呂だって咎められない。しかも、すべてが王族仕様、最高級クラスのものなのだ。一日中本を読んでダラダラしていても怒られないし、楽器もある。運動する十分なスペースもある。

やばい、こんな生活していたら、普通の生活に戻れない……。鉄格子さえなければ、夢のようなニート生活！　ゲームのカミーユたんもこれはこれで幸せだったかもしれない。

そう思って、頭を振る。視線の端にドアの鉄格子が映って、頬を両手でパンと挟む。

しっかりするのよイリス！　そうじゃないわ！　ニートじゃなくてこれは監禁！　近いうちに審問のようなものがあるはずよ。

普通に生活している間は気にならないが、鍵を閉められ、鉄格子越しでしかメイドとも話ができないときなどは、さすがに気は滅入る。

イリスは鉄格子から目をそらした。

なにかがおかしいのよ。ずっと小さな違和感がある。今回にしても、卵が割れそうになったときも、対応が大袈裟というか……。

たしかに宝石彫刻の帰りはソージュ様に送ってもらうけれど、『ダルーイの酒場』とか町のお店には堂々と入っているし、救貧院でもデッカーを紹介したわ。みんな、〝ミント〟として扱ってはくれているけど、私が誰かなんて去年のコンテストで知っているし。町の誰かに聞けば、密会じゃないってすぐわかるはずなのに……。

イリスは考える。誰かの悪意があるのではないか。

でも、こんなことをする理由ってなに？　両国にとって損しかないわ。第三国の干渉はちょっと考えづらいし。かといって、内部の仕業とも考えづらいのよね。私が罪に問われたとしても、シュバリィー家にはそれほどダメージはないわ。きっとお父様なら私と縁を切って終わりよ。そもそもシュバリィー家は政治に関して発言力を持っていない。だからこそ、娘を第二王子の婚約者に押し上げようと画策してたんだろうし……。ガリーナ殿下にしても、レゼダを本気で王配にしたいのなら、こんなスキャンダルは悪手だわ。レゼダの婚約者になりたい他の令嬢の可能性もあるけれど、ここまで危ない橋を渡るとは思えない。

メリットがないのだ。ただ引っかき回して遊んでるようにしか思えない。

引っかき回して遊ぶ……。

そう考えて、イリスはハタと思い当たる。

まさか……、妖精？

妖精の価値観は人にはわからない。自身の快楽だけを追求して生きている。一見、小さな妖精たちは群れているようにも見えるが、実際は違う。おのおの自分がしたいことがたまたま同じ、もしくは同じことをしたいから一緒にしよう、程度の繋がりしかない。

魔導宮の妖精たちも、自分たちの住みかを守るため、もしくは好きな魔導士がいるから手伝うだけで、王国のためという概念はない。妖精同士でも基本は無関心、不干渉。妖精のひとりがいなくなっても捜そうとしたりはしない。

ただ、小さな妖精にとって妖精の長たちは特別らしく、敬意を持ち、命令も聞く。

ソージュ様もローリエ様が眠っていることを知りながら、助けるそぶりはなかったし。仲間意識とか友情ってないのかしら？

気に入った人間には恐ろしいほどの愛を注ぐが、その他の人間に対しては冷酷ですらある。

妖精に祝福を求めて行方不明になった人もいるらしいし……。

そのため、人間から妖精に祝福を求めることは禁忌《きんき》になっている。妖精からの祝福を受けることができる人間は稀だ。妖精の判断基準が不明で気まぐれだからだ。ローリエを目覚めさせたレゼダですら、いまだ祝福をもらっていない。

もし妖精が関わっているのなら、ちゃんと調べなきゃ。

イリスはゾッとする。文献には、妖精の長の機嫌を損ねたことで、地震や雷が落ちたことも記録されているのだ。

でも、ここまで干渉できる妖精って限られてない？　妖精の長クラスよね？

小さな妖精ができるのは、お菓子を食べたり、大切なものを隠したりくらいだもの……。あ、作物を枯らしたり、ストライキもしたりするんだっけ。でも、どちらかといえば直情的なイメージなのよね。こんなに遠回しなのは変だわ。

妖精の長は七人だ。赤のフーシャ、橙のオランジュ、黄のガーデニアと、緑のローリエ。そして、青のカモミに、紫のソージュ。人間のふりをしているボリジは藍だった。

イリスは指折り数える。

今は七人そろってるのね。でも、この七人がなにかしているとは考えられないのよね……。

フーシャはカミーユを可愛いがり、オランジュは国王の守護者だ。ガーデニアは聖なる乙女リリアルを愛し、カモミは王太子を大切にしている。言うまでもなくソージュはイリスのモンペだ。自分が祝福を与えた者に不利な状況を作るとは考えにくい。

残るはボリジだが、子孫のデッカーが窮地に立たされているところを見ると疑いにくく、卵を割られそうになったローリエは被害者でもある。

うーん、とイリスは首をひねった。

ちゃんと考えよう。まずは妖精との歴史を見直してみたほうがいいのかもしれない。きっとなにか見落としてるはず。審問が始まる前に黒幕の尻尾を掴まなきゃ。最悪、国交断絶だわ。

フロレゾン王国は多くのものをヴルツェル王国から輸入している。薬などの輸入が途切れたら、魔法の使えない市民には大打撃だ。

そういえば、ソージュ様が八人いるって言ってた！　みんなの知らない八人目がいるってこと？　今、気になるのは、ジャス・ド・ルノワール。トラブルの前後に彼の影がある。でもあの人はクリザンテム学園の生徒よね？　妖精に関わりがあるのかしら？

イリスはこの監禁状態の中で、なんとかヒントを探し出そうと気合いを入れた。


今、レゼダは王宮から学園に通っている。ローリエも一緒だ。昼になればイリスのもとに帰ってきて、三人で一緒に昼食をとる。そして、また午後には学園に戻り、勉強に励むのだ。

移転魔法、バンバン使いまくっちゃって、魔力が強いと便利よね。

イリスはレゼダの機動力に感心し、半ば呆れてもいた。

「今日はなにを読んでいるの？」

イリスがベッドの上でだらしなく寝転び、本を読んでいれば、レゼダも一緒に寝転んで、本を覗き込んできた。ローリエも同じくベッドの上で足をパタパタさせながら新聞を読んでいる。

幼児が新聞……シュールだわー。

イリスは思う。

今は、夕食後のまったり時間である。

「レゼダにお借りした『フロレゾン王国史』を読み進めているところです」

『フロレゾン王国史』は題名の通り、フロレゾン王国の歴史がまとめられた書物だ。本来なら王族しか閲覧できないのだが、イリスは王子妃教育の一環ということで閲覧を許された。この本は、現王室ゲイヤー家が編纂《へんさん》を命じたもので、前の王朝に関する記述はあまり詳しくない。ただ、なぜゲイヤー家が前王室に反旗を翻し、新しい王朝を樹立したのかは明確に書かれている。

ゲイヤー家の始祖は千年前に、妖精駆逐を掲げていた前王朝を七人の妖精の力を借りて倒し、妖精たちと共存することで大きな魔力を得る現在の王朝を樹立したのだ。もちろん、この七人の妖精はソージュたち妖精の長のことである。

「なにかおもしろいことがあった？」

「シュバリィー家の勇者の話が調べられるかと思ったんですけど、ところどころ抜けているみたいですね」

「うん、災害や戦乱で失われた文書も多いからね」

イリスはレゼダにもう一冊本を見せる。

ソージュから借りた本をニジェルに届けてもらったのだ。監禁中の暇な時間を使って、妖精文字で書かれた本をこの国の文字に訳す作業をしているのだが、一緒に同じ年代の『フロレゾン王国史』も見比べていた。

「ソージュ様の持っていた妖精の日記です。違っていることもあって興味深いです」

「ソージュ様の？　妖精文字の日記？」

レゼダはパラパラと本をめくる。

フロレゾン王国に文字を伝えたのは妖精だ。妖精文字が時間を経て簡易化され、今の文字になったのだ。魔法文字は、ちょうど今の文字と妖精文字との中間にあたり、レゼダは魔法文字までは読めるが妖精文字は読むことができなかった。そもそもイリスから話を聞くまで、妖精たちが文書を残していたことすら知らなかったのだ。

「そうです。そもそも妖精は興味に偏りがすごくあって、同じ日付の話でも全然違ったりします」

「おもしろそうだね」

「『フロレゾン王国史』では事細かに書かれている即位の礼も、妖精の日記では『人が変な祭りをしていた』ですもん」

レゼダは吹き出した。

「『変な』って！」

「変じゃん！」

ローリエが顔を上げて突っ込んだ。

「ローリエ様も変だと思います？」

イリスが尋ねれば、ローリエは無視をして新聞に目を戻す。

そんなローリエをふたりは微笑ましく思い笑いあう。

「むかつくから、おれはあっちに行ってる」

ローリエは新聞を放り出し、部屋を出ていった。

イリスはローリエの背を見送ってから、レゼダに真面目な顔を向けた。

「王朝樹立から三百年目にシュバリィー家の勇者が現れるんですけど、それまでの三百年はあまり大きな厄災がなかったようなんです。ただ文書が抜けてしまったんでしょうか？」

「どうだろう」

レゼダがグッと顔を近づける。

「妖精の日記にもその三百年は大きな災害の記述がなくて」

イリスはドキドキしながら話を続ける。

「不思議なことに、それから百年おきぐらいに、大きな厄災があるんです」

イリスは自分で書き出した簡単な年表をレゼダに見せた。

ゲイヤー王朝樹立から三百年。小さな冷害や日照り、少しの内紛や疫病の流行などがあるにはあるが、それで王家が脅かされるようなことはなかった。

初めて王都が炎上したのは、王朝樹立から三百年後。今から七百年前の出来事で、これは大きな内紛が要因であったらしく、逆賊の討伐においてシュバリィー家が功績を立てた。シュバリィー家が侯爵の爵位を賜ったのも、この戦での功績のためだ。

それからなぜか百年ほどを目安に、王都を中心とした厄災が起こっているのだ。

そして、今がちょうどその節目なのよ……。ゲーム通りに進んでいたら、たぶん土豆の流行によって王都は壊滅的な被害を受けていたはず。最悪の場合は王都炎上ルートもあった……。

イリスはなにか大きな力を予感してゾクリとする。

「…………」

レゼダが、黙り込んで考えるイリスを心配して声をかけた。

「イリス？」

「レゼダ、変だと思わない？」

「ヴルツェル王国のこと？」

レゼダの問いにイリスは頷く。

やっぱり、レゼダも違和感があるんだ。

「ガリーナ殿下の件も、デッカーさんの件も、対処が早すぎると思うんです」

「僕もそう思う」

イリスは考えたのだ。そして、時間が許す限り調べた。

「……ルノワール家をご存じですか？」

イリスが調べた限り、ジャスが名乗るルノワール家は七百年前には断絶している。その後再興されたという記述もない。最近の歴史書にも名前は出ていない。

「ルノワール？」

レゼダは少し考えるようにした。

「たしか一度断絶したとは思うけれど、名跡《みょうせき》は継がれているはずだよ」

「ジャス様の家系ですよね？」

「ジャス？」

レゼダがキョトンとしてイリスを見る。

「ああ、ジャス・ド・ルノワールだったね」

レゼダはそう答え、あくびをひとつした。

「ねむいね……イリス」

眠そうに瞼をこするレゼダにイリスは慌てる。

「ここで寝たらダメですよ！」

「……うん……」

レゼダは名残惜しそうにベッドから立ち上がった。

「気になるなら貴族名鑑を見てみたら？　あとで届けるよ」

レゼダはそう言うと部屋を出た。ドアの鉄格子を閉じて、カチャリと鍵をかける。

イリスはその音にギクリと体を震わせた。

「おやすみ、イリス、よい夢を」

レゼダが言う。

「おやすみなさい」

イリスは強張る頬に笑顔を貼りつけ、ため息をひとつついた。

今日はカミーユがイリスに会いに来ていた。鉄格子の近くに椅子を置き、ふたりでお茶を楽しんでいる。ジャスから預かったというジャスミンの花束を持ってきてくれた。

レゼダはちょうどローリエの相手で庭へ出ていったところだ。

カミーユは謹慎中のガリーナの様子を教えてくれた。カミーユが守護宝石をガリーナのもとへ届け、デッカーとイリスの仲についても誤解を解いてくれたのだ。デッカーは受け取ってもらえないかもしれないと心配していた守護宝石だったが、ガリーナが大切そうに受け取ったと聞き、イリスは安心した。

祈りの塔の帰りに王宮へ寄ったというカミーユは、聖なる乙女の勉強についても教えてくれた。

「今日はこれから、貴族の名前を覚えないといけないんです」

カミーユが笑った。

「最新の貴族名鑑が出たので覚え直しをしているんです。せっかく、前の名鑑で満点を取ったところだったのに」

「え!?　カミーユさん、貴族名鑑持ってるの？」

「はい」

イリスは思わず鉄格子に張りついた。何度かレゼダに貴族名鑑を読ませてほしいと催促していたのだが、そのたびに『忘れた』と言われていたのだ。

「ルノワール家ってある？」

カミーユはパラパラとめくる。

「いいえ？」

「本当？」

「はい」

カミーユはページを開き、指さしてくれる。たしかに〝R〟のページには名前が載っていない。

「私は覚えがなかったんだけど、前の名鑑に載ってたかしら？」

「いいえ？　載ってなかったです！　私満点でしたけど、書いた記憶はないです！」

カミーユが自信満々に答えた。

「ジャス様……」

イリスが思わず呟けば、カミーユはハッとしたようだった。

「たしかに、ジャス様はルノワールを名乗っていました！」

そこへレゼダがやってきた。ローリエも一緒だ。

「レゼダ、やっぱりルノワールという家はないみたいです」

イリスが言えば、カミーユの指さすページをレゼダも覗き込んだ。

「？　あるよ？」

レゼダはそう言って〝L〟のページをめくり、自信満々に空白の箇所を指さした。

ローリエはそれを見て少しだけ不愉快そうな顔をする。

イリスとカミーユは戸惑って、お互い顔を見合わせる。そしてふたりは頷きあった。

――やっぱりなにかおかしい。

「……そうですね、見間違いでした」

イリスが答えれば、レゼダはおかしそうに笑った。


イリスはその夜考えた。部屋の中ではジャスミンが花開き、濃い芳香を放っている。

レゼダだけに見えたルノワールの文字。

進級できないほど病弱なはずなのに、当然のように守護宝石探しに参加していたジャス。

ジャスの言葉に冷静さを失った、レゼダとニジェル。

誘導された先では、魔獣がいた……。

考えてみれば、メガーヌのそばにもジャスはいた。ガリーナ殿下のそばにも。

イリスは悶々《もんもん》と考える。

レゼダには見えて、私とカミーユさんには見えない文字。いったいなにが違うんだろう……。

イリスには魔法が効きにくいから、もし魔法なのだとしたら見えないという可能性はある。しかし、カミーユは魔力も強く、魔法の影響も普通に受ける。レゼダと同じ反応になるはずだ。男女の差？　そんな魔法あるの？　ニジェルには見えているのかしら……。

ふと瞳の奥がグルグルになったニジェルを思い出した。

あれも、どうかと思ったわよね。カッコいいけど怖いわ。頭から変な煙出るし。レゼダもそうだった……。そういえばガリーナ殿下も！

同じ種類の魔法なら男女は関係ない？

「あ！」

イリスは思わず声をあげた。

私とカミーユさんは妖精の長から祝福を受けている！　でもそれがなんだろう。妖精の長から祝福を受けていると見えない文字があるなんて聞いたことないわ。

イリスは悩みつつ、ジャスミンの香りに包まれていつしか眠ってしまった。

ジャスミンの香りが満ちる寝室で、灰色のフワフワとした頭が揺れていた。

イリスのベッドに腰かけるのはジャスである。ぐっすりと眠るイリスを見て、ジャスは呆れた。

「人間て単純だよね。聞きたくない事実を聞かせればすぐに悪夢になるなんてさ」

ジャスは小バカにしたように笑った。

「でも、君は違う」

やっぱり、悪夢を見そうにないな。

普通なら昼間に少し悪夢の種を蒔《ま》けば、勝手に夢を見るものなのに。

レゼダやニジェルにはそれで十分だった。しかし、イリスにはいくら悪夢の種を蒔いても、悪夢を見ない。それでしびれを切らしてジャスはここまでやってきたのだ。

しかも、夜の王城内は妖精の守りが堅い。そのため通路を開くべく、ジャスミンの花を贈ったのだ。闇の中は白い花の香りが、甘く重く充満している。

ジャスは優しい手つきでイリスの前髪を分けた。あらわになった白いおでこに鉄格子の影が落ちている。

「君は檻の中がよく似合うよ」

ジャスは微笑んだ。灰色の靄《もや》のついた指先でイリスのおでこをつついた。その瞬間、パチリと紫の光が爆ぜる。

ソージュの祝福か。守護魔法がかかっていなくても、オレの魔力には反発するのか。やっぱり難しいな。この子の夢に入れたのはいつが最後だったたっけ。

ジャスは思い返す。ジャスはイリスが幼いころ、夢の中に入り込んだことがあった。ジャスがこれから起こそうとしている災いの中で、一番最悪な可能性を見せてやったのだ。

しかしその後、ジャスはイリスの夢に入れなくなってしまった。その結果、ジャスの計画はイリスによって見事に潰され、それは予知夢にはならず、ただの夢に終わった。

夢に介入できない理由を不思議に思っていたのだが、イリスがソージュの祝福を受けたことが原因だったのだと、先ほど魔力が弾かれたことでわかったのだ。

魔力が反発するとは想定外だったな。本当に緑のくせ毛の人間はやっかいだ。絶望させてみたくなる。

ジャスは苛立ち、ため息をついた。

これだけ何度も騒ぎを起こしてやってるんだ。早くオレを見つけてよ。

ジャスは寂しげに笑い、自分の首に下がるロケットペンダントを撫でた。中には一筋の緑の巻き髪が入っている。

この髪の持ち主は、約束を忘れてしまったのか？　……まさか、お前の髪じゃないよね。

そうして、イリスに口づけようとして、すんでのところで止まる。

ああ、不用意に触ると弾かれるんだっけ。

代わりにロケットペンダントに口づけた。

「おやすみ、イリス、よい夢を」

ジャスは皮肉たっぷりに呟くと、ジャスミンの花の中に消えた。

9　迎賓館崩壊

高く積み重なった雲が灰色を帯びている。夕立が来そうな真夏の午後。

ここは迎賓館の一室である。白い大理石の床。妖精の長を象徴する七種の草花が描かれた壁紙。窓の向こうはうだるような暑さだが、室内は魔法で涼しかった。

コの字型に並べられたテーブルには純白のクロスがかけられ、フロレゾン王国とヴルツェル王国の関係者が左右に分かれて座っていた。

議長席にいるのはフロレゾン王国の法務官で、両サイドの上座にはレゼダとガリーナが向かいあうようにして座っている。

フロレゾン王国の関係者席には、シュバリィー侯爵とニジェル、法務省の書記官や騎士などが、ヴルツェル王国の関係者席には、使節団の人々と、証人がいた。

議長席のさらに奥は一段高い席が用意され、フロレゾン王国の国王とブルエ王太子が着席している。その両脇に聖なる乙女のリリアルと、後学のために同席を許されたカミーユが立っていた。

また、多くの者に姿は見えないが、ローリエはレゼダの膝に当たり前のように座っている。

ソージュは入り口付近のドアにもたれかかって成り行きを見守っていた。

イリスは仰々《ぎょうぎょう》しい有様に頭痛を感じた。思っていた以上に事態は悪化しているらしい。

でも、なんで、ジャス様がヴルツェル王国側にいるの？

イリスは不思議に思う。ジャスが使節団長の後ろに控えていたのだ。

証人であれば椅子に座りそうだし……。あの位置だとまるで従僕じゃない。

しかし、フロレゾン王国側の人々はそれに対してなにも言わない。

みんな、事情は理解している、ってこと？　それとも国からの指示なのかしら？

イリスは不思議に思ったが、今の状況では聞くこともできない。

「それでは審問委員会を始めたいと思います」

議長席の法務官が声高らかに宣言した。

第二王子の婚約予定者イリスとヴルツェル王国騎士デッカーの密通疑惑について、両国間で話しあうことになったのだ。

ヴルツェル王国は、イリスがデッカーと密通し、私欲のために両国の関係を害そうとしたとして、処分を求めている。

中央にイリスとデッカーが立っていた。

ソージュは不機嫌そうにイリスを見つめていた。イリスから騒ぎを起こさないでほしい、としつこく言い聞かせられてきたため、不本意ながら黙っているのだ。

デッカーはヴルツェル王国の制服を着ることも許されず、町人の服装でやってきていた。初めから罪ありきの処遇だ。

あれからデッカーは身の潔白を訴えたが、信じてもらえなかったらしい。

フロレゾン王国としては誤解を解くべく奔走《ほんそう》してきたが、妖精の存在を公言できないため、納得のゆく説明ができないのが現状であった。

「ここのデッカー・ボリージが、毎夜、怪しげな小屋にて魔女と会い、両国間に不和を起こそうと画策いたしました。ヴルツェル王国としては、責任としてこの者を罰します。その代わり、フロレゾン王国では魔女に罰を与えていただきたいと思います」

使節団長が口火を切った。デッカーは否定する。

「違います。そんなつもりはありませんでした！　それにあの小屋は決して怪しい場所ではありません。守護宝石の彫刻を習っていただけです」

「お前の言い分を確かめるため、あの小屋を調べた。しかし、あの小屋はギルドに登録されていなかった。また、その家主は戸籍に登録されていない」

ボリジは妖精なのだ。人のふりをして生きてはいても人ではない。戸籍に登録などできない。戸籍がなければ、ギルドにも入れない。そもそも、生きる時間が違うのだ。

デッカーは言葉を失う。

「しかし、この方は魔女などでは」

「証人もいる」

その場に現れたのは、ヴルツェル王国の傭兵だった。『ダルーイの酒場』の腕相撲でコテンパンに負かした相手だった。

デッカーは悟った。デッカーの席が空けば、自分が採用されるとでも思ったのだろう。

「私は見ました。あの小屋から出てきた女が音もなく消えるところを！　町でもその女は緑の魔女と呼ばれていました。間違いなくこの女です」

議長席の法務官が怪訝な顔で証人を見た。

「緑の魔女？　聖女ではなくて？　こちらの調べでは、イリス嬢は堂々と……あー……酒場を使い、食べきれなかった食べ物は救貧院へ届けたとのことですが」

侯爵令嬢が堂々と酒場を使ったというくだりは、法務官にすると言いにくいことだったらしく、後半は歯切れが悪い。

イリスはコホンと咳払いをする。イリスは聖女と呼ばれたくないのだ。

「私はイリス・ド・シュバリィー。シュバリィー侯爵家の娘です。魔女でも聖女でもありません。酒場には隠れず行っています」

きっぱりと答えれば、傭兵は噛みつくように言った。

「だからなにか？　侯爵令嬢なら魔女ではないと言えるのですか？　そもそも侯爵令嬢がそんな夜更けに他国の男とふたりきりで酒場に行くなど非常識だ！　しかも薄汚れた小屋なんて怪しすぎる！」

失礼な物言いにニジェルが剣を握って立ち上がろうとする。それをシュバリィー侯爵が手で制し、愉快そうに大声で笑った。

「たしかにな。私もその娘には手を焼いているのだ。学生の身でありながら、寮から抜け出し夜遊びなど言語道断、私に気にせず少しお灸《きゅう》を据えてくれ」

シュバリィー侯爵は好戦的な笑いを浮かべて傭兵を見た。

お父様……楽しんでるでしょ？　やれるもんならやってみろって顔に書いてあるからっ！

ヴルツェル王国の関係者はギョッとして口を噤んだ。迎賓館の中は、シーンと静まり返る。

イリスは一呼吸してから、優雅に微笑み周囲を見渡した。

「宝石に彫刻をしていたのです」

「なぜ、職人に頼まない？　金がないわけじゃないだろう！」

いきり立つような傭兵の声に、レゼダがテーブルの上に魔法の杖を置いた。カツリと無機質な音が響いた。

豪華な魔法の杖の先端には、薄紅色の守護宝石がはめ込まれている。澄んだ守護宝石を光が通過して、白いテーブルクロスに薄紅色が乱反射する。

「イリスは僕にこれを作ってくれていたんだ。婚約者のために手ずからとは愛情の深い人だと僕は思うけれど」

レゼダの声に、ガリーナも立ち上がる。

「わたくしもデッカーからもらったわ」

首に下げていたレッドアンバーのネックレスを胸元から引き出してみせた。デッカーとイリスの密通という疑いを聞いたあと、カミーユから届けられたものだ。デッカーから頬を打たれて、目が覚めていたガリーナは素直に守護宝石を受け取った。それには、この件に関する詳しい経緯と、信じてほしいという切実な言葉が書かれた手紙も添えられていた。

戦うこと以外は不器用なデッカーが、どんな思いで繊細なグラジオラスを彫ったのだろう。大きな身体を丸め必死に小さな石を彫る姿を想像し、少し笑い、少し切なかった。

デッカーがわたくしを謀ることなどありえないわ。

「さすがデッカーさん、平民からたたき上げの騎士だとは聞いていたけれど、こういう賄賂《わいろ》が上手だ」

蔑《さげす》むように傭兵が鼻を鳴らした。

「違う！」

デッカーが否定する。

使節団長が静かに立ち上がった。彼の影が灰色に伸び、デッカーにかかった。

「私はデッカーが騙されたのだと信じている」

そう言うと、イリスに冷たい目を向けた。目の奥が灰色にくすんでいる。

「ことの始まりは、ガリーナ殿下が黒い森に飛ばされたことです。話によれば、ガリーナ殿下が不思議な卵を割ろうとし、その魔力の反発で飛ばされたのだと。殿下も否定されなかったので、私もその話を鵜呑《うの》みにしていました」

妖精の存在を隠そうとするとそういう話になるのだと、イリスは思い頷いた。

「しかし、その卵からはなにが生まれたのですか？　あなた方が卵を温めていたのは多くの人が知っています。しかし、その後は？　学園の生徒に聞いてみても口を濁すばかりだ」

イリスはチラリとローリエを見た。ローリエはイリスにイーッとしてみせる。

「それで私は考えました。初めから狂言なのではないかと。突然卵などと言いだしたのは、レゼダ殿下とガリーナ殿下の結婚の噂が出てからです」

使節団長はジロリと、イリスを睨む。

「正式に婚約していないあなたは焦った。レゼダ殿下の愛を奪われまいと、魔法でしか育たない卵などという狂言を始めたのでは？　自分には魔力がないからレゼダ殿下の魔力が欲しいと懇願し、自分のそばに引き留めようとした」

ザワザワとヴルツェル王国の関係者がざわめく。「魔力がないのか？」「いや、消えるのだから魔力はあるのだろう？」「そもそも婚約していないのか？」と戸惑うような声と共に、不審を抱いた目がイリスに向けられた。

あー、久々の悪役令嬢っぽさ。やっぱり、イリスたんには悪役が似合うわー。

イリスはそれを眺めながら心の中で小さく笑う。

「そして、デッカーを誘惑し騙し、ガリーナ殿下を陥れ、卵を割らせようとしたのだ！　そうでなければ聡明なガリーナ殿下がわけもなく卵を割ろうとはしないはず。両国間の絆を裂こうとする罠《わな》、そうでしょう？」

イリスは鼻で笑った。

「まあ、おかしい。私がなぜそのようなことをしなければいけませんの？」

使節団長は一瞬怯んだ。

「焦ったのだろう。美しく聡明なガリーナ殿下を見て」

「たしかに。ガリーナ殿下は私よりずっと美しく聡明ですわね」

ニコリとイリスは笑う。

「あなたより、レゼダ殿下に相応しい」

「私もそう思いますわ」

レゼダは小さくため息をついた。

やっぱりそう思ってたんだ。でも、イリスの口からは聞きたくなかった……。

思わずローリエを抱く手に力が入る。

「だから陥れたのだ」

「どうしてですか？」

「だから！　ふたりが結婚すると噂を聞いて！」

「噂で？　私が？」

イリスはクスクスと笑う。

「やっぱりおかしいわ」

「なにがおかしい」

「だって、レゼダ殿下なら噂になる前に私にきちんとお話ししてくださいます。優しく責任感のある方です。ガリーナ殿下を選ばれるなら、噂が耳に入る前にレゼダ殿下自身が私にそう告げるでしょう。だから私は他の方になにを言われようと焦る必要はないのです」

レゼダは顔を上げてイリスを見た。

「……それは、レゼダ殿下のお言葉なら従うという意味か」

「……そうですね。レゼダ殿下が、自身の幸せのために決意するというのであれば、私は引き留められません。でも、考えてみてください。ふたりの結婚はたしかに両国を富ませるかもしれませんが、ふたりは幸せになれますか？」

ガリーナはハッとしてイリスを見る。

「ふたりの犠牲の上に生まれた富にどんな意味がありますか？」

デッカーはガリーナを見た。ふたりの目が合う。

「意味があるに決まっているだろう！　国より一個人を優先するとは、なんて身勝手な女だ」

イリスは笑った。そもそも悪役令嬢なのだ。身勝手と言われるのは本望である。

「しかもあなたのその言い様は、ガリーナ殿下がレゼダ殿下を不幸にすると聞こえるが。あまりにも失礼ではないか」

「いいえ、私はふたりの幸せを願っているのです。両国を富ませる方法はふたりの結婚だけではないでしょう?」

イリスが優雅に微笑めば、使節団長は歯ぎしりをする。

「……そもそも、あなたはレゼダ殿下を幸せにできるのか」

「私が殿下を幸せにするんじゃありません。私たちは、ふたりで幸せになると誓いました」

イリスは自信満々にふんぞり返っている。レゼダは思わず吹き出した。

イリスにとって、自分は重荷になっているのではないか、足枷になっているのではないか、レゼダはいつも不安だった。

そんな不安がイリスにはかなわないよ。悩んでたのがバカみたいだ」

「まったく、イリスにはかなわないよ。悩んでたのがバカみたいだ」

小さく小さく呟けば、膝の上のローリエも笑う。

「……それは、それは詭弁《きべん》だ! 実際、ことは起きている。どんなに綺麗事を並べても、レゼダ殿下を奪われたくないための所業としか思えない。以前は、魔力もないのに緑の聖女を自称して、聖なる乙女候補を陥れようとしたと聞く。第二王子の婚約者に収まるためにはそこまでできる。両国を裂こうとする真犯人はイリス嬢だ。聖女どころか魔女のような女だ!」

一方で魔力がないと貶しつつ、もう一方では魔女と呼ぶむちゃくちゃな理論だ。イリスを言い負かすことだけに夢中になった結果、整合性がとれなくなっている。

しかし、使節団長の声に誘発されるように、「そうだ」と賛同する声があふれた。灰色の興奮が使節団を覆っている。

ソージュの背中からは怒気が炎のように揺らめいているが、妖精の見えない者には見えていない。一歩足を踏み出そうとしたソージュをイリスは片手を上げ、目配せしてとどめる。

「ひとつ、私から質問があります」

イリスは使節団長を指さした。

「あの方は、誰ですか」

使節団長は自分の後ろを振り返った。

そこにはクリザンテム学園の制服を着た青年が立っていた。今日の空のような雨雲色の髪、人なつっこい灰色の瞳。この状況でも、緩やかに微笑む唇。

「ジャス・ド・ルノワール、あなたは誰？」

イリスが尋ねる。ジャスは答えない。

イリスは部屋の中をグルリと見回した。

「ジャス・ド・ルノワールという名前は貴族名鑑にありませんでした。学籍名簿にも」

イリスは事前にカミーユに頼んで調べてもらっていたのだ。そして、カミーユに貴族名鑑と学籍名簿を持ってきてもらっていた。

カミーユはそのふたつを国王に渡した。国王は見るまでもないというように手を振った。

「ルノワール伯爵家は七百年前に断絶している。その後再興されたことはない」

国王の言葉にレゼダは戸惑った。間違いなくレゼダは調べた。イリスに聞かれるたびに確認した。しかし、レゼダが見た書類にはルノワールの名跡は残されていたのだ。

ジャスは心底愉快そうにその様子を眺めていた。その不気味な笑顔に、使節団長はドッと冷や汗を流した。

この人物は、学園の使者ではなかったのか？　有益な情報をくれる信じられる相手だ。しかし使者なら、なぜ私はこいつをここに呼んだ？　思い出せない、わからない。

「……いや、そんなわけが。これは罠だ。これも魔女の自作自演だ‼」

使節団長がわめく。

ローリエはレゼダの膝の上でジャスを睨み上げる。

ガリーナは、これまでのやり取りを見て、イリスのことを誤解していたと気づいた。イリスのことを、無条件に周りから愛され守られ、苦労を知らない世間知らずだと思っていた。そしてそれをずるく妬ましいと思っていた。しかし、ただ守られていただけの令嬢が、多くの人の前で辱《はずかし》められ平気でいられるわけがない。ガリーナですら怖じ気づいてしまう状況だ。それなのにイリスは手慣れたように堂々と渡りあう。きっと、今まで何度も、様々な悪意に晒されてきたのだ。慣れるほど傷つけられても明るさを失わず、悪意に立ち向かってきたからこそ、レゼダにも周囲に愛されているに違いない。

「もうやめてちょうだい！　イリスはわたくしの友人です！　わたくしが卵を割ろうとしたの！　わたくしが悪いのよ！」

ガリーナが慌てて止めに入る。

「ガリーナ殿下はこのように魔女にまで配慮ができる素晴らしいお方！　なのに罰として謹慎させてしまったのは私の不徳の致すところです」

いきり立つ使節団長。

「この事件にはヴルツェル王国が関係ないことを誓うため、デッカーは国外追放とします。フロレゾン王国も関係ないというのなら、イリス嬢に罰を与えていただきたい！」

「罰ですか？」

法務官が怪訝な顔で尋ねる。

「ええ、国として関与していないというなら、罪人を罰するのが適当でしょう」

使節団長の後ろからジャスが小さく囁いた。

「イリス嬢はレゼダ殿下の婚約者に相応しくないですよね」

「イリス嬢はレゼダ殿下の婚約者に相応しくない。彼女は王子妃になるべきではない‼」

ジャスの言葉を繰り返すように、使節団長が声を荒らげる。

その瞬間、レゼダがそれはそれは美しく笑った。

「では、私が王子でなければよいでしょう?」

ピタリ、喧噪がやむ。

ニタリとジャスが笑った。

「レゼダ!」

イリスが慌てる。

使節団長は軽蔑するようにレゼダを笑った。

「いや、ただの罰では足りないようだ。殿下を惑わし、王家を揺るがす魔女は断罪すべきでは?」

使節団長が口にした瞬間、ソージュからグワリと紫の光が立ち上がった。ヴルツェル王国の人々にはソージュ自身は見えず、その周りにあふれ出した魔力だけが、紫色に揺らめいているように見えた。

紫の光がジワジワとイリスに向かって近づいてくる。

周囲の人間は固唾を呑んだ。

「ま、魔女の力……!」

ソージュは使節団を冷たい視線で一瞥した。そして使節団をなぎ払うかのように手を払った。

半月のような紫の風が空を切る。

ソージュの力を受けるように灰色の霧が立ち上った。紫の光が灰色の霧にぶつかる。ふたつの力が反発しあって、バチンと空気が割れるようにはじけた。空気が裂け、床がひび割れる。グラリと足下が揺れる。床のひび割れが広がり、地面が割れた。天井が崩れる。

いつの間にか降りだしていた雨が、割れた天井から吹き込んできた。夕立だ。バタバタと音を立てて、白い大理石に灰色のシミが広がる。

「ソージュ様！」

イリスが慌ててソージュに抱きついて、その力を止めようとする。

周りには、イリスが暴発した紫の光を抑え込もうとしているように見えた。

「もう我慢ならん！　こんな世界すべて壊してしまおう、イリス！」

「なにサラッと言っちゃってるんですか‼」

「国などなくても人は生きていけるのだ。太古の昔からそうだった‼」

「それでは弱い人は生きていけないんです！」

「弱い者など死ねばよい‼」

「だったら、私も死んじゃうわ！」

「イリスは私が守ってやる！」

イリスはアワアワとソージュを押しとどめ、レゼダの膝の上のローリエを見た。

「ローリエ様、助けてください」

ローリエは悔しそうに自分の手のひらを見た。

「妖精の力は反発しあう。妖精同士の魔力がぶつかれば今みたいに暴発する」

「そんな」

イリスはさらに魔力を増幅させようとするソージュを抑えることで精一杯だ。

紫の光と灰色の霧が混じりあう。ピリピリと地面が裂けてゆく。迎賓館が音を立て崩れはじめた。ヴルツェル王国の人々は逃げ惑い、柱などにしがみついている。

「リリアル、シールドを張れ‼」

国王が命じる。リリアルが魔法の杖を振り上げて、魔方陣を展開する。金色のドーム状のシールドができあがり、天井の崩落と夕立から人々を防御する。

しかし、建物の崩壊は止まらない。

ガリーナはデッカーからもらった守護宝石のネックレスを握りしめ、祈った。

額につけた守護宝石が温かく熱を帯びる。驚いて見れば、そろいで持っていたデッカーの守護宝石が空に浮かび上がっていた。

ふたりの守護宝石は赤く光るとデッカーを包み込んだ。すると、デッカーの背後にボリジが現れた。

「藍の長！」

レゼダの声に、イリスはデッカーを見た。

藍色のストラにはルリジサの刺繍が金糸で施されている。ボリジはいつものような作業服ではなく、他の妖精の長と同じように白いローブを纏った荘厳な姿だった。人型を取るのをやめ、妖精の長としてここへ駆けつけたのである。

「ボリジ様！」

イリスがすがるように声をかければ、ボリジは険しい顔でイリスを見た。

「イリス、ソージュの魔力を自分の魔力に変えなさい。妖精の魔力は祝福を受けている者には容易に受け入れられる。レゼダ殿下、ジャスの霧を払えますか？」

「やってみます！」

イリスとレゼダは頷きあう。

駆け寄ってきたカミーユがイリスの背中を抱きしめた。

「イリス様、魔力の吸い上げ方は私が教えます。祈りの塔で教わったんです」

「お願いするわね、カミーユさん」

「殿下は私がお守りします」

ニジェルはレゼダの前に立った。

「頼もしいね」

レゼダはニジェルの言葉に頷いた。

ソージュを抱きしめるイリスの手にカミーユが手をのせる。

「イリス様、ソージュ様の意識をイリス様に向けさせて！」

「ソージュ様！　ソージュ様！　私を見て‼」

イリスが声をあげる。小さな妖精たちがイリスの髪から飛び出して、ソージュの髪や耳を引っ張る。

「ソージュさま、きいて！」

「ソージュさま、きいて！」

「イリスがおねがい、イリスのおねがい！」

ソージュの目は怒りに狂い、使節団しか見ていない。

「ああ、もう！　ソージュさまの、ばぁぁぁかぁぁぁぁ‼」

イリスはソージュの頬を両手でパンと挟み、思いきり額を打ちつけた。チカチカと目の奥に星が飛ぶような痛みに、イリスは泣きそうになる。

「ソージュ様の石頭……」

思わず呟いた瞬間、ソージュとイリスの目が合った。

「ソージュ様！」

「イリス？」

ソージュがキョトンとしてイリスを見た。

「今です、イリス様。手のひらから空気を吸い上げるイメージで、ソージュ様の光に触れてください！」

カミーユの言葉に従って、イリスは紫の光に手をかざした。イリスの手のひらに光が吸い上げられていく。

しかし、ソージュの力は強大で光がどんどん漏れ出してしまう。

「これじゃ、無理っ！」

イリスはそう言うと、ソージュにぴったりと抱きついた。ギュウギュウと力の限り抱きしめる。光に触れる部分を増やし、こぼれ落ちる量を減らそうと考えたのだ。

ソージュの魔力がイリスの体に満ちてくる。体の中が魔力でいっぱいになるのがわかる。深呼吸をしすぎたときのように肺がいっぱいになって苦しい。息を吸おうとしても、浅くしか息がつけない。ハクハクと呼吸しながら、苦しくて瞳に涙が盛り上がる。過呼吸状態だ。

「っふ、くぅ」

このままじゃ、私が……。

「イリス様、魔力を放出してください！　なにか願って！　イメージをしてください！」

カミーユの言葉にイリスはようよう頷いた。

「ぁ……わ、割れた地面、空気、……もとに……もとに、戻り、ます、よう……」

ギュッと目を瞑り、ふたつの魔力がぶつかった瞬間から巻き戻るイメージをする。

ピタリと魔力のぶつかりあいが止まる。

その隙にレゼダが灰色の霧に向かって魔方陣を描いた。ピンク色の光が霧に描かれ、霧と魔方陣が混ざりあい、空間がゆがむ。

「チッ!」

ジャスが舌打ちをして、指先で空気を弾く。空気弾が霧を切り裂き、レゼダのほうへと向かう。ニジェルが前に立ちはだかり、次々と繰り出される空気弾を剣で弾く。

レゼダは霧に呑み込まれそうになる魔方陣を描き直しては修復する。徐々に灰色が薄くなっていく。

ジャスは苛立っていた。妖精は基本、周囲に関心がない。それは妖精同士であってもだ。自身の欲望に忠実で、他人がなにを楽しもうと、なにを否定しようと興味がないのだ。

それなのに、どうして妖精《ソージュ》が妖精《オレ》の邪魔をする? ……イリスのせいか!

ジャスはイリスを睨みつけた。

そういえば、ずいぶん昔に似たことがあった。

そしてニンマリと笑う。

イリスは魔力を受け止めるのに必死で、ソージュにすがりついているのがやっとといった様子だった。

イリスの体の中は魔力でいっぱいだった。まるで、少しでもつつけば破裂してしまいそうな風船だ。

「ぅ……くるし……そーじゅさま、まりょくが……おおい……、も、これいじょう……」

イリスの声にソージュがハッとする。

イリスの顔は苦痛にゆがんで、こぼれそうな涙は紫の魔力でキラキラと光っている。魔力の変換が追いつかず、そのまま漏れ出ようとしていたのだ。

「は、……むり」

イリスが言い終わらないうちにソージュはイリスを抱きしめ返した。

深く息を吸い込んで心を落ち着かせる。シュウシュウと音を立てて紫の光が引いていくのがわかる。

「なぜ、なぜだ？　イリス、なぜ、お前を害する世界をかばう？」

「ぁ、ソージュさま、……みけんに……シワ……」

イリスは、ゼイゼイと息をしながらソージュの眉間を指先でつついた。

ソージュは泣きたい気持ちでイリスの頬に自分の頬をこすりつけた。

「……ソージュさま、モンペ……なんだから……」

息も絶え絶えのまま、イリスがおかしそうに小さく笑う。

「イリス！　ソージュ‼」

ボリジの声にイリスは振り向いた。気がつけばジャスの放った空気弾が迫っている。

シールドの中で妖精の魔力がぶつかりあったらなにが起こるかわからない。イリスはとっさにソージュの頭を抱え込んだ。

空気弾がイリスの背中で破裂した。ジャスの魔力がソージュの魔力で満ちたイリスの背中を撃ったのだ。

「つくぅ‼」

背中からぶつけられた灰色の魔力と、内側に溜まりきった紫の魔力が、イリスの中で暴発する。

イリスはソージュから手を離した。自分の中で渦巻くふたつの魔力を外へ漏らしてはいけないと、自分自身を抱きしめ息を止める。あまりの苦しさに崩れ落ちるイリスをソージュが抱きとめた。

崩れ落ちていくイリスには、走馬灯のようにはっきりと周囲の景色が見えた。

ソージュの顔が凍りつくのがわかった。カミーユの叫び声。ニジェルが駆け寄ってくるのが見える。

「ニジェル、ダメ、……殿下のそばに……」

イリスの呟きはニジェルには届かない。

レゼダが一瞬呆然としたのが見えた。

「レゼダ、あと少しだから……」

聞こえるはずのない小さな声。レゼダにはそれが聞こえたのか、魔方陣が爆発したように激しく光り輝いた。あまりの激しさに周囲の者は目をそらす。

霧が一掃され、ジャスが尻餅をつく。

ピタリと建物の倒壊が止まった。リリアルの作ったシールドの中の霧が晴れる。シールドに打ちつけていた激しい雨はやんでいた。金色のドームが雨粒でキラキラと光っている。

「……よかった、晴れたぁ……」

イリスはホッとして目を瞑る。

やっぱり、レゼダだ。どんなときでもレゼダが助けてくれる。

世界が暗転した。


イリスは夜の中にいた。音のない静かな夜だ。暖かくて心地よい。いい匂いがする。

甘い香りに誘われてイリスは歩きだす。その先には暗闇で光るようにジャスミンが咲いていた。蠱惑《こわく》的な香りは、ジャスミンだったのだ。

背中に違和感を抱いて振り向けば、そこには黒く透けた六枚の羽が生えていた。

さっきのジャスの魔法で生えたのかしら？　そんなことある？　まるで妖精の長みたい。

イリスは思わず笑う。パタパタと動かしてみる。違和感があっても痛くはない。羽の起こした風はジャスミンの香りがした。

猫の目のような金色の月が、雲のベールに包まれて眠そうに浮かんでいる。赤い星がチラチラと揺れる。いつもよりずっと星々が近い気がした。

ジャスミンの垣根の奥にジャスがポツンと立っている。そして眩しげに光るウインドウを眺めていた。ジャスの背中には六枚の羽があった。闇色に透ける、妖精の長だけが持つ羽だ。イリスの背中にあるものとそっくり同じだ。

ジャスは妖精の長だったの？

イリスは声をかけようとしたが声が出ない。ジャスにはイリスが見えていないようだった。

イリスはジャスの隣に立って、同じウインドウを眺めた。

光の中にはイリスの知っている顔ぶれが映っていた。

ソージュ様、ボリジ様、カモミ様、緑の羽の青年はもしかしてローリエ様？

色とりどりの羽を持つ妖精の長が七人そろっている。その前には王冠をかぶった男性と、頭にティアラをのせた女性、聖職者のような服装の女性が跪いている。王と王妃、そして聖なる乙女なのだろう。皆、古めかしい格好をしている。

場面が変わって、次はパーティーのようだ。大きな石が円を描くように立ち並び、その中心で妖精と人々が手を取りあって歌い踊っている。真昼のガーデンパーティーは眩しいほどの笑顔があふれていた。周囲は花々が咲き乱れ、雨上がりの虹が光っている。

きっとこれは千年前の建国の日。七人の妖精の長たちと、人間の王、聖なる乙女が手を結び、フロレゾン王国にゲイヤー王朝を作り上げた日だ。イリスは千年前のその日にタイムスリップしていた。

その祝いの席にジャスは呼ばれなかったのだ。

なぜだろう……。

イリスは考える。

ウインドウの中で日差しを浴びて輝く虹色の羽。

そっか、妖精の羽の色は虹と一緒なんだ。じゃあ、この羽は？

イリスは自分の背中に生えた羽を見る。いつの間にかベールを剥いだ月が、黒曜石《こくようせき》のような羽をキラキラと光らせた。幻想的な美しさにイリスはため息をついた。

これは夜ならではの光景かも。

そう思い、ハタと気がつく。

ジャスは夜の妖精なのかも。

夜だけ活動する妖精がいるとは人間の間には伝わっていない。しかし、妖精の日記には、夜の妖精が人の夢を盗み見るというような記述があった。

ジャスは人に知られていない妖精なんだわ。

ウインドウの向こうは華やかな世界だ。しかし、イリスとジャスのいる世界は反対に静寂に包まれている。

ジャスは羨むような顔で、宙に浮いたウインドウに触れた。

「人よ……。なぜ私だけ？」

この祝いの席にジャスを呼ばなかったのは、夜行性の妖精の存在を知らなかったためだ。

ジャスを軽んじたわけじゃない。でも、ジャスはそれに傷ついた。

イリスはキュッと胸が痛くなる。自分にも心当たりがある感情だったからだ。

SNS越しに見える友人たちの日常。同じ会社に勤めているはずなのに、なぜか華やかに見える生活。自分は知らなかった飲み会の写真。悪意で誘われなかったのではないか、それとも誘う価値すらなかったのか。隠していないのだから、後ろ暗いことはないのだとわかっていても、ポツリと自分だけが世界に取り残されたような感覚になる。

自分はいてもいなくても同じ存在なのだと思い込んでしまうのだ。

誰も悪くないのに。

「ならば、壊す」

ジャスがギュッと握りこぶしを作って、ウインドウを叩き割ろうと手を振り上げた。イリスは慌ててその手にすがりつく。

ジャスは見えない力に驚きキョトンとし、あたりを見回した。

「わかるよ、わかる、でもダメ、攻撃したらダメ。私があなたを見つけに行くから」

イリスが呟くとジャスはハッとしてイリスを見た。

イリスが見えたのだ。

ジャスがイリスに手を伸ばす。その瞬間、グニャリと世界がよじれる。ジャスの指先がイリスの髪を一筋掴んだ。ピンと音がして髪が切れる。

「この髪の持ち主よ。約束だ、もう一度見つけに来い！」

ジャスの声が闇に響く。イリスの髪がジャスの手元に残り、ふたりの間に縁が結ばれた。

イリスはよじれた世界に落ちる。イリスとジャスの世界は分かれた。


気がつけばイリスは暗闇に浮かんでいた。背中の羽のおかげで落ちないでいるというのが正しいかもしれない。ここは建国の日からさらに三百年後の世界だ。

月光の中、ふたりの騎士が剣を交えていた。灰色の髪の騎士と、波打つ緑髪の騎士だ。

緑の騎士の背を守るようにローリエが寄り添い、灰色の騎士の後ろにはジャスが佇んでいる。

激しい鍔迫りあいのあまり、闇の中で火花が散った。

「なぜ、王家を裏切った。このままではルノワール家は断絶する」

緑の騎士は泣きそうな声で、灰色の騎士に呼びかける。灰色の騎士は切なそうに眉を寄せて、自身を嘲《あざけ》るように笑った。

「気がついたときには戻れなくなっていた。だから、お前が俺を止めろ！」

緑の騎士は、悔しげに歯を食いしばり、灰色の騎士から繰り出される剣を打ち返す。

足下には折れた剣が転がり、周囲には傷ついた兵士たちが呻《うめ》きながら成り行きを見守っていた。

カモミールが踏み荒らされている。聖なる乙女は息絶えて、王冠をかぶった男は頭から血を流していた。王宮らしき大きな建物は炎上し、灰色の煙が充満している。これ以上この国は争いに耐えきれない。誰かが、終わらせなければいけなかった。

「……ローリエ様。……すべての力を私にください」

緑の騎士が決意を込めた顔で、ローリエに懇願する。

「わかった」

ローリエは緑の騎士の背中に手を置いて、ありったけの魔力を流した。騎士の体が緑色に光る。

ふたりの騎士は最期の力で激しく打ちあった。互いの剣が、互いの体を貫いた。灰色の騎士が緑の騎士にもたれかかる。そして、悩みから解き放たれたようにさっぱりとした顔で笑った。

「ありがとう……」

そう言うと灰色の騎士は、緑の騎士の腕の中で息を引き取った。

「どうだ？　王家などという大義名分で親友を殺した気持ちは」

ジャスが嘲るように笑った。緑の騎士は呆然とした顔で、ジャスを見上げた。

「お前が！　お前こそが〝悪〟だ！　アイツはお前に操られ」

「オレは夢を見せただけだよ？　王となる夢を」

ジャスはニヤリと笑った。

騎士は短剣を取り出して最後の力を振り絞り、ジャスに向かって投げた。

「短剣よ！　悪を切り裂け！」

短剣の軌道が緑色に光る。灰色の煙を断ち切るようにして短剣はジャスへと向かった。

「バカ！　妖精を害するな！　お前が魔力を失う！」

ローリエが叫ぶ。

ジャスはあざ笑って短剣を避けた。しかし、緑の魔力を帯びた短剣はブーメランのように舞い戻り、勝利を確信したジャスの羽を一枚切り落とした。

ジャスは驚きのあまり、マジマジと自分の羽を見た。そして、首元からロケットペンダントを取り出し、緑の騎士と見比べた。

「三百年も待った。やっと現れた緑のくせ髪。オレを見つけると約束したのは嘘だったのか？」

ジャスは忌々しげにペンダントを握りしめた。ジワジワと怒りが湧き上がってくる。

見つけてくれると約束した緑の髪。しかし、三百年待っても現れなかった。こちらから探してみれば、約束をしたはずの人間はよりにもよって他の妖精の祝福を受け、約束などなかったように暮らしていた。

オレの憧れた向こう側の世界で、のうのうと、オレを忘れて。許せない。

――シュバリィー……。妖精に仇《あだ》なす愚か者。お前の一族は呪われる。もう魔法に愛されない。いいか、オレは百年の眠りを溜めて、昼もお前たちを苦しめてやる。百年ごとに目を覚まし、この国を呪ってやる。それが誓いの短剣だ！——

そう言ってジャスは闇に溶け、ジャスの羽を傷つけた短剣は地面に落ちた。見覚えのある短剣だ。イリスが父から受け取ったアイリス文様の短剣。今は護身用としてソージュのストラに包まれているもの。

落ちた羽が短剣に吸い込まれ、金色だったアイリスの文様が呪われたように黒く染まる。

緑の騎士はジャスが消えるのを見届け、息を引き取った。

「こんなことになるなら祝福などしなければよかった！」

ローリエは冷たくなった緑の騎士を抱きかかえ、慟哭《どうこく》する。

「国なんてどうでもいいんだ。お前だけ幸せならよかったのに！　おれを置いて逝くなんて。裏切り者！　嫌いだ！　嫌いだ！　人間なんか大嫌いだ！　もう二度と祝福なんかするもんか！」

騎士を抱いていたローリエは涙に溶けるようにして地面に沈み込み、月桂樹の若木に身を変えた。その若木には小さい緑の卵が光っていた。月桂樹の足下からは、ローリエの涙のように湧き水が滲んでいた。

イリスは気がついた。

ローリエが力を失い眠りについたのは、シュバリィー侯爵家の伝説の勇者が、悪を倒した日と同じだったのだ。

そして、ジュバリィー家はジャスに呪われ、魔力が弱くなり妖精が見えなくなった。しかし、イリスはジャスが彼女の髪を持っていたため妖精が見えたのだ。

イリスの周囲にウインドウが次々に開く。四角く切り取られた光が、イリスの周りを回転している。

ウインドウの中は、様々な時代のフロレゾン王国のようだ。すべてに共通しているのは、荒廃した背景に薄暗く微笑むジャスの姿だ。

このウインドウで流れてくるのは、今までジャスが起こしてきた厄災の数々なんだ。

見覚えあるシーンが目に映り、イリスの目は奪われた。クリザンテム学園でメガーヌに囁きかけるジャスの姿だ。ジャスの指さす先にはカミーユが楽しそうに笑っていた。

ゲーム本来のストーリーは、ジャスが引き起こす予定だった〝もしも〟の世界だったの？

呆然とするイリスの耳がジャスの呟きを拾った。

「どうせオレはいない存在。なにをしたって同じだろう。人間なんか困ればいい」

笑い混じりの声なのに、悲痛な音がした。

見つけて、見つけて、自分を見てと、泣いているようにイリスには思えた。胸が苦しくて痛い。

――イリス――

懐かしい声が聞こえる。

朱鷺色の柔らかな光が夜明けを告げるように空を押し上げる。

――イリス――

夜の闇と朝焼けが混じって紫の帯がたなびく。

――イリス――

夜が明けていく。白々と緑色に光りだす地平線。

――イリス様――

ああ、きっと今日は晴れる。だって空が青いから。

――目を覚まして、イリス――

そうね、起きなきゃ。あの子を迎えに行くんだった。

誰かの指が頬をなぞるのがわかる。震えている。体温に温められて立ち上るレゼダの香り。花開く薔薇の香り。その気配があるだけでイリスは安心できる。

フワリ、額に温かさを感じてイリスは満ち足りた。グリグリと額同士がこすりあわされ、そのたびに絹糸のような髪が肌をくすぐった。思わずクスリと笑う。

額から魔力が吸い上げられていき、膨らみきった肺が楽になっていくのがわかる。

気持ちいい……。

触れあっていた額が離れ、軽く額に唇が落ちる。

今度は鼻と鼻が重なった。額が触れあうよりも大きな魔力が抜けていく。

なんでだろう。すごく、楽だ。

もっと、もっと、とねだるように唇を開く。開いた唇から魔力があふれて、張り詰めていた体から力が抜けていく。

重なりあった鼻が離れ、イリスの鼻先にレゼダの唇が重なった。

ブワリと体の魔力が吸い上げられていく。

すごく幸せな気分。体中蕩《とろ》けそう。鼻じゃなくて、唇だったら……もっと気持ちがよさそうね。

夢の中とはいえ、不埒《ふらち》すぎる妄想にイリスは笑った。

レゼダの唇がイリスから離れた。代わりに唇をなぞる指先が震えている。その指先からも魔力が吸い上げられていく。

くすぐったいな、イリスは思った。

「……イリス？」

名前を呼ばれ、ユルユルと瞼を上げれば、そこにはレゼダの顔があった。倒れ込んだイリスを、レゼダが抱きかかえていたのだ。

絹糸のような柔らかな髪の間から、潤んだ薔薇色の瞳が心配そうに見つめている。儚げで美しいその姿に、イリスは驚き思わずレゼダの胸を押した。

変な夢を見てたからびっくりした‼

「！　イリス！　気がついた！」

パァァァと笑顔を輝かせるレゼダが眩しすぎて、イリスは太陽光を遮るように片手で視線を遮る。

「うっ！　眩しくて死んじゃいそう……」

思わず呟けば、レゼダが慌ててイリスの顔を覗き込む。

ちかいちかいちかいちかい！

「大丈夫？　イリス。どこが痛い？」

「いえ、あの、体は大丈夫です」

「体は？」

真剣な顔をして尋ねるレゼダ。正直に答えなければ許さないというような凄《すご》みだ。

「……レゼダの笑顔が眩しくて……」

イリスは気まずい思いで、モゴモゴと答える。

レゼダは固まった。

「……あのー？　レゼダ？」

イリスは固まったレゼダの前で手を振ってみる。

レゼダはハッとしてその手を掴んだ。そして、にーっこりと微笑んだ。

あ、これ、やばいやつ？

イリスがゾッとした瞬間、レゼダはイリスの顎を捕らえる。

「もう少し、魔力を吸い上げておこうか？」

「魔力をレゼダが吸い上げてくれたんですか？」

レゼダは無言で頷き微笑むと、ググッと顔を近づける。

「顔が、顔が近いです！」

「体に溜まった魔力はね、触れあって吸い上げるんだよ？　でも、ふたりの妖精の力が混ざった魔力は特別だから、少しずつしか吸い上げられないんだ、だからね」

レゼダが囁くように甘い声をイリスにかけた。

イリスは言葉を失って、ギュッと目を瞑る。

「殿下、先ほどは緊急事態で大目に見ましたが、これ以上はイリスに触れないでください。唇など言語道断！」

ニジェルがピシャリと突っ込む。

イリスは目を白黒させて、思わず唇を手で覆った。

「唇から……吸い上げ……？」

吸い上げた⁉

「それって、それって、キ……」

レゼダはイリスから目をそらし、言い訳するように言った。

「唇にはキスしてない」

唇には？　唇には？　だったら唇以外にはした⁉

イリスの顔が真っ赤になる。思わず顔を覆って呻く。

夢だけど、夢じゃなかったってことぉ⁉

「公衆の面前で……なんてこと……」

「いいえ！　とてもお綺麗でした‼」

カミーユはキラキラと恋する乙女のような顔でイリスを見ていた。

イリスは落ち込んだ気分で周囲を見回した。使節団は青ざめた様子でこちらを見ている。

ソージュは固まったまま、ジャスも尻餅をついたままイリスを見ていた。

「よくやった。イリス嬢。さすが緑の聖女だけはある」

国王が厳かな声で言った。

「身を挺《てい》して暴走した魔力を受け止めてくれたのだな？」

「はい？」

イリスは目を白黒させて、国王を仰ぎ見た。国王のそばに佇む王太子ブルエが小さくウインクをする。

あ、うん、なんか、黙ってたほうがよさそうね。

「イリス嬢は少し休むがよい」

王の言葉にイリスはギクシャクとした微笑みを作って頷いた。

イリスは気まずい思いで迎賓館の中を見渡した。床は無残にもひび割れ、建物の下まで地割れを起こしている。天井は崩れ、建物は傾き倒壊寸前だ。

国王はイリスの視線の先を見て、大きく息を吸った。

「今から地面を繋げる！　魔力の弱い者は屋外に退避せよ」

張りのある声が響き渡る。

フロレゾン王国の騎士たちが、使節団や文官たちを誘導する。

「リリアル、カミーユ、地固めの魔方陣を展開」

「「はい」」

ふたりの守護妖精が魔力を送り込む。

「ブルエは私と共に、地面を引く」

「はい」

国王は妖精の守護を持つ者たちに声をかけた。地面を引くような力は、妖精の持つ魔力ぐらいしかない。

そして国王は自身の王笏《おうしゃく》を、ひび割れた地面に突き刺した。ブルエもそれに倣い、自身の魔法の杖を刺す。

「イリス、少し待っていてね」

レゼダがそっとイリスから離れ、地面のひび割れに向かって歩きだした。

「レゼダ！」

イリスがレゼダを呼び止める。

「僕では力不足かもしれないけど、一緒に地面を繋げられるかやれるだけやってみたい」

「私も一緒に行く！」

レゼダは嬉しそうに笑うとイリスに手を差し伸べた。イリスは、ホッと息をついてレゼダの手を取った。

「ボクも一緒に行きます」

ニジェルも一緒だ。

「なら僕らは反対岸から引こう！」

対岸へ渡ろうとするレゼダのもとにローリエがトコトコと歩み寄ってきた。

「レゼダ、だっこ！」

レゼダはローリエを抱き上げた。

ローリエは神妙な顔つきでレゼダを見つめると、なにかを決断したように大きく息を吐いた。

そして、レゼダの頭を抱え込み、その額に軽く口づけをした。

「二度と人間なんか祝福するつもりはなかったんだ。でも、レゼダならいい。祝福してやる」

ローリエは偉そうに言って、レゼダは泣きそうな顔をしてクシャリと笑う。

「ありがとうございます」

次にローリエはイリスを見た。

「イリス、受け取れ」

イリスに向かって投げられたのは、ローリエが目覚めたときに卵の殻から落ちた宝石だった。

ピンクの宝石の中にところどころ紫の光がきらめいている。

「おまえの守護宝石にしてやってもいい」

ローリエの言葉にイリスは力強く頷いた。

「ありがとうございます」

ローリエは不機嫌そうにフンと鼻を鳴らした。

レゼダは自分の魔法の杖を対岸の地面に突き刺す。

イリスは少し考えて、アイリスの文様の入った短剣を取り出すと鞭を縛りつけ、対岸の地面に同じように突き刺した。

レゼダはそれを見て笑った。

「すごくイリスらしい」

「魔力は弱いが、腕力なら私のほうがまだ強い」

シュバリィー侯爵はそう不敵に笑うと、イリスの脇に自分の剣を刺した。

シュバリィー侯爵家はジャスの呪いを受け、代々魔力が弱いのだ。妖精の長ほどの魔力が必要とされている場において、シュバリィー家の魔力では役には立たない。しかし、腕力であればここにいる誰よりも侯爵の力が大きかった。せめて物理的な力で協力したいと考えたのだ。

「デッカー！」

ガリーナは屋外へ連れ出そうとする使節団長の手を振り払い、デッカーを呼んだ。ガリーナには妖精に戻ったボリジの姿は見えないが、デッカーの背後に大きな力があるのだと直感した。デッカーの首にかかった守護宝石が宙に浮いたままなのがその証拠だと思ったのだ。

「きっとわたくしたちも役に立てるわ！　いいえ、できなくてもしなくてはいけない」

「ガリーナ殿下危険です！」

使節団長が止める。

ガリーナは、いまだ輝きを失わない守護宝石のネックレスを見せ、笑った。

「デッカーがいるわ！　大丈夫よ！　彼には不思議な力があるの。あなたは建物の外へ出て、使節団の安全を確保しなさい！」

ガリーナはそう言うと、デッカーを連れてイリスの横に立った。

「イリス様、お手伝いさせてください」

「ありがとう！」

イリスが微笑めば、ガリーナは照れたように笑う。

「デッカー、レゼダ殿下の杖を真似て長剣を刺しなさい」

ガリーナの命にデッカーは従う。ガリーナはデッカーの背中を抱き、握りしめた守護宝石に祈りを込める。

そのふたりの肩に、藍の妖精の長ボリジが触れた。

「片眼のない俺ではもう祝福はやれないが、力を貸そう。愛おしい人の末裔《まつえい》よ」

ボリジの言葉にデッカーは力強く頷いた。

「引けー‼」

国王の言葉に、グワンと地面が唸る。レゼダたちは一斉に魔法の杖を引いた。

魔力を持つ者たちは、地面に魔力を注ぎ込む。イリスも守護宝石と鞭を握り、力強く引っ張った。まだイリスの体の中に残っていたソージュの魔力が、守護宝石によって増幅される。

紫色の魔力が鞭を伝い、短剣を輝かせた。

妖精の長の魔力が放出された。妖精の長の魔力が五色に輝き、光の架け橋がひび割れた建物を繋ぐ。

この世のものとは思えぬ光景に、使節団たちはただ口を開けて見守るばかりだ。

「もう一度、引けー‼」

国王の声に力を合わせる。すると、グラグラと揺れる地面がゆっくりと引きあっていく。まだ少しずれてはいたが地割れは塞がれ、床も繋がった。その上を、リリアルとカミーユが地固めの魔方陣で強固に留めてゆく。

黄色の魔方陣が黄金に輝く。赤い魔方陣には、白いホログラムが混じっている。

建物の床から魔力の虹は建物の壁を突き抜けて弧を描いている。建物の外からは、七色の虹が建物を繋ぎあわせたように見える。使節団や町の人々は言葉もなく、突如現れた虹に見惚れるばかりだった。

ガリーナとデッカーは、魔力の虹のふもとに座り込んでいた。

「綺麗だわ……」

呆けたようにガリーナが呟き、デッカーは目を細めてガリーナに見惚れた。守護宝石の赤い光が高揚したガリーナの顔を照らして、さらに彼女を美しく見せていたのだ。

「本当に美しい」

思わずといったようにデッカーが呟いて、ガリーナは微笑んだ。

一方、イリスは床が繋がったことを確認すると、短剣を床から引き抜き、ジャスのもとへ駆けていった。座り込んだまま様子を眺めていたジャスの前に跪き、短剣を置いた。

夜闇に花開く白い花の香りが漂っている。

だからきっと。

「八番目の妖精の長、ジャスマン様ですね」

イリスの言葉を受け、ジャスの姿がみるみる変わってゆく。人型を取っていた輪郭が薄まって空気に溶け、魔力のない者には見えなくなった。妖精の見える者の目には、妖精の姿となったジャスが目に映った。

他の妖精の長と同じ、くるぶし丈の白いローブ姿だ。闇を水に溶かしたような薄墨色のストラに、黄金の糸でジャスミンの文様が刺繍されている。ただし羽の一枚は切り取られていた。

「約束通り、見つけました！」

イリスが笑えば、ジャスはイリスを指さした。

「お前が」

「はい」

「あのときの」

「はい」

「緑の髪……」

ジャスは首にかかるロケットペンダントを開いた。ミントグリーンの髪が一筋、中で丸まっている。確かめるようにイリスの髪を引っ張り、離す。ボヨンと巻き髪が跳ねた。

「ジャスマン様。シュバリィー家の緑の騎士が話も聞かず、あなたの羽を切り、すみませんでした」

アイリスの呪われた短剣を彼の前に差し出した。

ジャスは無言でイリスを見つめ、それから笑ってその短剣を受け取った。黒いアイリスの文様が黄金に輝いて、ジャスの羽が六枚に戻った。

「イリス、ジャスでいいよ」

ジャスはそう笑い、手を差し出した。イリスがその手を取る。ジャスはイリスを引っ張り、一緒に立ち上がった。

そこへレゼダが駆け寄り、イリスとジャスの間に割って入った。

どう見ても妖精の長の姿をした男。ソージュと渡りあうだけの魔力を持つことから、同等の力があるだろうと思われる男。それなのに、同級生だと騙《かた》っていた男に警戒したのだ。

「イリス、どういうこと?」

「この方は……、八番目の妖精の長、ジャスマン様です」

イリスの言葉に周囲がざわついた。

「ジャスマン様……聞いたことがないけれど……」

「ジャスマン様は夜の妖精なんです。それでゲイヤー王朝の祖は、存在に気づかれず……」

「それで妖精の長は七人って言ってたんだね」

レゼダを追ってきたローリエがケロリとした声で言った。

「ローリエ様はご存じだったと?」

ローリエは頷いた。

「人と喧嘩したんだと思ってた。おれたち他人のこと興味ないし。昔知り合った人間は、コイツが〝悪〟だって言ってたし」

魔導士たちが顔を見合わせる。リリアルもカミーユもおのおの守護妖精に確認する。

国王は守護妖精オランジュとブルエになにか尋ねてから、イリスのもとへやってきた。そして、ジャスの前に跪く。

「今までのご無礼をお許しください」

ジャスは軽く手を振った。

「いいよ。結構おもしろかったし」

ゲームでも終えたような軽い言い方に、人間たちはゾッとして、妖精たちは苦笑いをした。

ジャスはなにごともなかったような顔をして、ソージュのそばまで歩いていく。

「ねー、ソージュ。オレもイリスを祝福していい？　オレ、千年も待ったんだよ？」

ソージュはハッとしてジャスを殴り倒す。

「ダメだ！　ふたつの魔力でイリスが暴発する‼」

そして、バタバタとイリスに駆け寄り、抱き上げ、ギュウギュウと抱きしめる。

「イリス、すまぬ、イリス」

「痛い、痛いです！　ソージュ様！」

「体を痛めたのか？　体の中なのか？　言え、お前の憂いは私がすべて取ってやる」

「ソージュ様の力が強いんです‼　弱めて！　力弱めて‼」

イリスの言葉にソージュは慌てて力を緩める。イリスは大きく息をついた。

「大丈夫か？　イリス、私のイリス」

スリスリと頬ずりをするソージュにイリスは呆れてしまう。

「大丈夫です！　全然元気です！」

「死んでしまうかと、思った」

いつになく弱々しいソージュの声にイリスは少し驚いた。白いストレートの髪をイリスはゆっくりと撫でる。

うまい言葉が見つからない。だって絶対、私が先に死んでしまうから。

イリスは言葉を探しあぐねていた。〝死なない〟なんて、できない約束はできない。いつまでもそばにいる、そんなこともできない。

「バカだな、人は死ぬんだよ」

突き放すように言ったのはローリエだ。

「でも、おれは忘れない。だからここにずっといる」

ローリエは慈しむように胸をそっと押さえた。ボリジも同意するように頷いた。

「それに、アイツの欠片はここにある。無謀でバカなところがアイツそっくりで、大嫌いだ」

ローリエはそう笑って、眩しそうにイリスの髪を見た。

イリスは悟った。ローリエと緑の勇者にも、きっとただならぬ想いがあったのだ。

「ガリーナ殿下、お力添えありがとうございました」

レゼダが深々と頭を下げる。

「いいえ、わたくしたちこそ大変失礼いたしました。わたくしにはまだ仕事が残されていますわよね？」

ガリーナが言えば、レゼダは笑う。

「やはりとても聡明な方ですね」

ガリーナは笑い、赤い髪をかき上げた。

「では、わたくしはわたくしの職務を全うしますわ」

ガリーナはそう言うと、迎賓館の外へと出ていった。レゼダとイリスもそのあとについていく。

ガリーナの守護宝石はまだ光ったまま胸に輝いている。自分たちの王女が見えない力を手にしたことを知り、使節団員たちは眩しげにガリーナを見つめた。

ガリーナは使節団たちの前に堂々と立った。

「デッカーの作った守護宝石が私に力をくれました。その作る場を紹介してくれたのは他でもないイリス様です。そして今もわたくしたちを身を挺してお守りくださいました。それでもまだ、魔女と呼びますか？　王子妃に相応しくないと言えますか？」

使節団たちは気まずそうに俯いた。証言をした傭兵は逃げ出してもうここにはいない。

先ほどまで空を覆っていた灰色の雨雲は、すっかりと消え去っていた。夕立で洗われた夏の空気が、爽やかな風を運んでくる。

「フロレゾン王国の方々は誰ひとりとしてわたくしたちを見捨てなかった。それが友好でなくてなんなのです？　すべての答えではありませんか」

使節団長は恥ずかしさで唇を噛みしめた。伝え聞く悪意の言葉に振り回されていたと、今になって気がついたのだ。自分が統率する使節団で問題が起きたことを認めたくなかった。王女が理由なく罪を犯すとも思えなかった。だから原因は他にあると、王女の責任ではないと、自分たちのせいではないと、誰かに罪をなすりつけたかった。

魔女と言ったのは誰だったのか。密会と言ったのは誰だったのか。皆がそう言ったのか。地道に町を歩き、話を聞けば、緑の聖女だとわかったはずなのだ。

自分にとって都合のよい言葉だけを聞き、信じ込んでしまった。

「申し訳ございませんでした。イリス嬢」

「あ、はい、あの、大丈夫です」

イリスは少し気まずかった。使節団長が冷静さを失ったのは彼だけのせいではない。ジャスに判断を狂わされたのだ。ジャスに不安を煽られ、感情的になり、いつもの理性を失ってしまった。ある意味、妖精の気まぐれに振り回された被害者のひとりでもあった。

「怖い思いもたくさんさせてしまいましたが、フロレゾン王国を嫌いにならないでくださいね」

イリスが言えば、使節団長は複雑そうな顔をして笑い、「ありがとうございます」と呟いた。

10　虹色の空の下

賑やかな金槌《かなづち》の音。職人の怒号が響く。重い資材を魔法で持ち上げる魔導士、その脇ではヴルツェル王国から輸入されたクレーンが大きな大理石を引き上げている。

迎賓館の修理が始まったのだ。建物自体はなんとか形を整えたが、内装はぐちゃぐちゃのため、これを機に内装を新しくすることになった。建物はそのまま使う。両国の絆の証として、迎賓館につけられたひび割れを残すことになったのだ。インテリア用品はヴルツェル王国から贈られた。

もともと迎賓館の壁紙に使われていた妖精の長を表す草花の模様は、七種から八種に変更された。ジャスマンを正式に加えたのである。

王宮や祈りの塔など、妖精の長関連の装飾は、すべてジャスミンの花が加わった八種の草花に取り替えているところだ。

レゼダとイリスは、そんな町の様子を見ながら港へ向かっていた。ふたりはいつものお忍び姿である。

ローリエもふたりと一緒だ。ローリエは羽と耳をしまって、人のふりをしている。ジャスが学生のふりをしていたのを見て、真似をしたかったらしい。

緑がかった白い髪に水兵帽をかぶり、半ズボンのセーラー服姿だ。

イリスはそんなローリエの姿を可愛いらしく思い、ニヘニヘと笑って見ていれば、ローリエはさっとレゼダの陰に隠れた。

「気持ち悪い顔で見るな！」

「ローリエ様！」

レゼダが窘める。

「イーだ‼」

ローリエは歯を剥き出しにしてみせる。

イリスはそれすら嬉しくて、笑いがこらえきれない。レゼダはイリスを見て小さくため息をついた。

「イリスは平気なの？　あんなに意地悪言われて」

「ええ？　可愛いです。レゼダとローリエ様を見ていると、子供ができたらこうなんだろうなーって。レゼダ、いいパパになりますね」

イリスが天真爛漫《てんしんらんまん》に答えて、レゼダはカーッと顔を赤らめる。

「……イリスって時々、すごいこと言うよね」

「？　そうですか？」

イリスがキョトンとすれば、ローリエが「ケッ」と悪態をついた。

「ばっかじゃないの？」

「そうしたら、ローリエ様、おにーちゃんですよ！」

イリスが言えば、ローリエも顔を真っ赤にした。

「なにそれ！　ほんと、イリスって最悪‼」

ローリエはそう言い捨てると、トトトと先へ走っていってしまう。

「それは同感」

レゼダがニヤッと笑ってイリスを見た。

「え！　嘘」

「嘘、可愛い」

反撃とばかりに、レゼダに微笑みかけられて、イリスは絶句した。

うわ、カッコいい……。

思わず声にしそうになって、ハタと気がつく。ローリエが迎賓館の角を曲がるところが見える。

「あ！　ローリエ様、追いかけなくっちゃ！　見失っちゃう」

イリスとレゼダは同時に駆けだした。

角を曲がったところでは、制服姿のジャスがおかしそうにニヤニヤと笑っている。相変わらず人型で人間界をうろついているようだ。その視線の先にはローリエが尻餅をついていた。

「ジャス様！」

イリスの声にジャスが微笑む。

「イリス、ローリエのお守りはレゼダに任せて、オレと遊ぼうよ」

「遊ばん」

不意に現れたのはソージュだ。ソージュは妖精の姿のままだ。

うわ、妖精の長三人で暴走したらさすがに迎賓館はもう終わりね……。

イリスは遠い目になってしまう。

「ジャスマン、いい加減寝ろ。昼はお前の領分じゃない」

ソージュが言えば、ジャスは笑う。

「百年寝だめしてるから、当分は昼も活動できるんだー、残念」

煽る言葉にイライラとするソージュ。ローリエは関心がなさそうに、レゼダの足にまとわりついて、上目遣いでねだる。

「ねー、レゼダ、イリス置いて先行こ？」

そこへ、ボリジがやってきた。ボリジも人の姿をしている。作業服に、頭にタオルを巻いた職人のような格好だ。

「レゼダ様、イリス様、港へ行かれるのですか？」

「はい、ボリジ様も見送りですか？」

イリスの答えにボリジは頷いた。

今日は、ヴルツェル王国友好親善使節団が帰国する日だ。イリスはガリーナたちを見送りに行くところだった。

「では、一緒に行きましょう」

レゼダがボリジに提案する。

レゼダは自分勝手な妖精の長たちの言い争いに、若干の疲れを感じていた。人間的なボリジがいれば少しは楽になるのではないかと思ったのだ。

ボリジは、ローリエたち妖精の長を見て、呆れたように笑った。

「そうですね。行きましょう」

イリスとレゼダ、ボリジが歩きだす。

「だめ！　レゼダ、だっこ‼」

そう言ったローリエをボリジが無言で抱き上げた。

「ボリジじゃない！」

「はいはい、静かに、ローリエ。駄々《だだ》っ子のように見えるぞ。恥ずかしくはないか？」

ボリジが宥《なだ》めるように言う。ローリエがあたりを見渡せば、町ゆく人々が「可愛い」などと言いながらローリエを見ていた。

「〜〜‼」

ローリエは急に恥ずかしくなって、黙ってボリジに抱かれることにした。ボリジはスタスタと歩きだす。レゼダとイリスもそれに従う。

「ちょっと待ってよ」

ジャスが追いかけ、

「おまえは帰れ」

とソージュが怒る。

「ソージュ様‼」

イリスが振り向いて、ソージュに向かって「メッ」と言った。

「もう町を壊したら、絶交ですからね‼」

イリスが言えば、サーッとソージュは顔を青ざめさせた。

「アレは私だけが悪いわけじゃない！　ジャスマンだって！」

「そうです！　ジャス様も絶交ですよ‼」

「わー、絶交は困るなー」

ジャスが棒読みで茶化すように笑う。

レゼダは大きくため息をついた。ボリジが笑い、ローリエがレゼダに向かって手を伸ばす。

「レゼダ、だっこ！」

イリスはそんな妖精の長たちの姿に幸せいっぱいになる。

ワイワイと騒ぎながら港を目指した。

蒸気船の汽笛が聞こえる。

ヴルツェル王国の友好親善使節団たちが乗った船が出港するのだ。両国の楽団たちが、互いの国の曲を交互に奏でている。

甲板の上からは、名残惜しむように紙テープが投げられた。潮風に煽られて、虹色の紙テープがたなびいている。

イリスたちはガリーナのもとへ駆け寄った。ガリーナはイリスたちの姿を見て、驚き笑う。

町人姿の若いふたりに、セーラー服姿の小さな子供。町人の憧れるクリザンテム学園の制服姿の青年に、作業服姿の職人だ。年齢も身分もバラバラで、どういった集まりなのか想像もできない。ガリーナの国では考えられない取りあわせなのだ。

「本当にそんな格好で町を歩くのね」

「結構楽しいですよ」

イリスは笑う。

「楽しそうね……」

ガリーナは少し寂しげに微笑んで、人だかりに目をやった。

そこでは護衛騎士姿のデッカーが町人に囲まれていた。休暇中に町で知り合った人々なのだろう。気さくに肩を叩きあい、笑いあっている。

彼らに別れを告げて、デッカーはガリーナのもとへ戻ってきた。そして、ボリジを確認し、静かに頭を下げた。ボリジもなにも言わずに頭を下げる。

ガリーナはそれを見て小さく息をついた。ふたりの間にただならぬ仲を感じ取ったのだ。

「デッカーはこの国に残りなさい」

ガリーナは俯き、デッカーの目を見ない。

「どういう意味ですか、殿下」

「魔力の塊を見ることができるあなたなら、この国ではもっと評価されるはずです。地位も名誉も得られ、幸せになれるでしょう。ここで魔法騎士を目指しなさい」

「私は殿下のお役に立てないということですか？」

デッカーはすがるようにガリーナを見た。

魔法騎士になったとしても、守りたい人がいなければ意味はない。

地位も名誉もいらない。ガリーナに仕えることが幸せなのだと、デッカーは思う。しかし、それを口にすることは許されない。

黙ったまま、俯くふたりの様子に、しびれを切らしたようにイリスがデッカーを見た。

「デッカーさんが守りたいものはなに？」

イリスの言葉にデッカーは顔を上げた。そして、覚悟を決めガリーナを見る。

ヴルツェル王国に連れて帰ってもらえないのなら、最後に自分の想いだけ伝えたい。

「私は、ガリーナ殿下を守り続けたいのです」

ガリーナは泣きそうな顔でデッカーを見た。嬉しくて言葉にならない。

でも、それじゃ、デッカーはずっと私の護衛のまま。護衛以上にはなれない。

ガリーナはデッカーの未来を思い、歯を食いしばって頭を振った。

「ダメよ、あなたのためにならないわ」

イリスは呆れてため息をつく。

ふたりとも両想いなのに……。まったくもう！

イリスは苛立ち、ガリーナに声をかけた。

「自分の護衛ひとり守れないとは、情けないわね」

挑発されたガリーナがイリスを見る。

「だって……本当のことよ」

「ガリーナ殿下の護衛でしょ？　『わたくしのデッカー』って仰っていたのを忘れたの？」

ガリーナはイリスの言葉にバッと顔を赤らめた。無意識に使っていたその言葉が、今ではとても意味深に思えた。

「ガリーナ殿下がきちんと評価すればいいじゃない。それともそんな力を求めるつもりはない？」

ガリーナはイリスを睨み上げた。イリスは暗に女王を目指せと言っているのだ。

「言うわね」

「ガリーナ殿下ならできると思っただけよ」

イリスは笑う。

「そうね、わたくしが変えればいいだけのことだわ」

そう言ってガリーナはイリスに手を差し出した。

イリスもそれを握り返す。

ボリジはデッカーの頭をくしゃくしゃと撫で、ガリーナを見た。

「ふたりとも守護宝石を出しなさい」

穏やかに言うボリジに、ガリーナはなぜか父のような温かさを感じて、素直にレッドアンバーのネックレスを首から外した。デッカーもそれに倣う。

ボリジはふたりの守護宝石を手のひらに包み込み、ふっと息を吹きかける。すると、守護宝石に彫られていたグラジオラスが、藍色に輝いた。

「……綺麗」

「餞別《せんべつ》です。国に戻ってもあなたたちを守るでしょう」

ボリジが笑い、デッカーが礼を言う。ガリーナも深く礼をした。

「よかったわね。ボリジ様の守護があれば船旅も心配いらないわ。また来てね」

イリスが笑う。

「結婚式に呼んでくれるのでしょうね？」

ガリーナが笑う。

「もちろん！」

イリスが答える。

「デッカー‼」

ガリーナは声をあげた。デッカーは顔を上げて、ガリーナを眩しそうに見た。

「行くわよ！」

「はい！」

デッカーはイリスたちに軽くお辞儀をして、ガリーナの背を追っていった。

王女は情熱的な赤い髪をなびかせて、タラップを上っていく。小さいが堂々たる背中は、決意を帯びて凛としていた。その背を守るのは、黒髪の偉丈夫、デッカーだ。

イリスはレゼダと並び、ガリーナを見送る。

ガリーナはタラップを上りきったところで立ち止まり、フロレゾン王国での出来事を胸に焼きつけるかのように港全体を見渡し、微笑んだ。その艶やかな笑顔に周囲は大きくため息をつく。

ガリーナはイリスたちを認めると、小さく手を振った。

タラップが上がる。

汽笛が鳴る。

楽団が楽しげな音楽で船を送り出そうと盛り上げる。

紺碧《こんぺき》の空に、蒸気船の灰色の煙が伸びる。

七色の紙テープが海風にヒラヒラとはためいて、手を振って別れを告げているようだった。


「帰ってからも大変だろうね」

レゼダの言葉にイリスは頷く。

「でも、ガリーナ殿下なら大丈夫です。デッカーさんがいるから」

イリスが言えば、レゼダはイリスの頭をよしよしと撫でた。

「僕らも忙しくなるよ」

レゼダの言葉にイリスは首をかしげた。

「婚約式の準備をしなくちゃね」

「もちろん私も呼ぶのだろうな?」

ソージュが言う。

「おれはレゼダといっしょだもんね?」

ローリエがレゼダの裾を引っ張る。

「オレ、呼ばれなかったら、また拗ねるかも」

ジャスがニヤニヤと笑う。

イリスはそれらの言葉を無視して、ボリジの前に立ち、その手を取った。

「ボリジ様、招待してもよいですか？」

ボリジは一瞬驚いた顔をして、そしてにこやかに笑った。

「ええ、もちろん」

出航を名残惜しむような汽笛が港に響いている。

虹色の紙吹雪が青空に舞い散る。イリスの巻き髪からは小さな妖精たちが顔を出し、楽しそうに紙吹雪を集めようとしている。

キラキラとイリスの髪が輝いて、レゼダは眩しくて目を細めた。妖精の長たちに囲まれて、自然に笑えるイリスがあまりにも綺麗で、とても遠い人のように感じた。

幸せで、切なくて、苦しい。

「さぁ、レゼダ、一緒に帰りましょ？」

イリスがレゼダに手を差し出した。レゼダは驚き、目を瞬いた。遠く感じていたイリスが、嘘のように近くにいたからだ。

動きの止まったレゼダに、イリスは少し気まずくなって慌てて手を引っ込めようとした。レゼダは慌ててその手を取った。指と指を絡ませあう。

一緒に帰る……。大丈夫、イリスが僕を選んでくれた。

「うん、一緒に帰ろう」

レゼダは幸せそうにそう答えて、結びあった手の指にキスを落とした。ビクリとイリスが小さく震える。

手を離しちゃうかな……。

レゼダが寂しく思った瞬間、ギュッと握り返される。驚いて見れば、はにかんだ顔のイリスがそこにいた。レゼダもはにかんで笑う。イリスは空に向けてグッと手を引っ張った。

紺碧の空に虹色の紙吹雪が舞い踊っている。

そんな虹色の空の下、ふたりは繋いだ手を離さずに笑いあい、駆けだしていった。

番外編

船上の決意

帰国の船上である。ガリーナは甲板の先頭で潮風を受けながら、小さくなってゆくフロレゾン王国を眺めていた。初めての留学は思った以上に大変だった。もっとそつなくこなす自信があったのに、蓋を開けてみれば婚約者候補に目星をつけることすらできなかった。

最初から政略結婚なんてわたくしには無理だったのかも。

ガリーナは小さく笑った。ずっと見ないふりをしてきたデッカーへの想い。それをイリスによってはっきりと恋だと自覚させられてしまった。

「お部屋で休まれているのかと思いました」

デッカーが隣にやってきた。ガリーナは行きの海路中、ずっと船室でフロレゾン王国の予習をしていた。帰りも同じように部屋にこもると思っていたのだ。しかし、甲板に出ているのを知り、デッカーも慌ててやってきた。

「せっかくだから潮風に当たりたいわ」

ガリーナが答える。

「そうですか。それならご一緒します」

ガリーナは答えない。デッカーはそれを許可と捉えた。

「殿下、守護宝石をお持ちですか？」

「ええ」

ガリーナはネックレスを首から外して手のひらに置いた。デッカーも同じように手のひらに置く。藍色のグラジオラスが刻まれているふたつの守護宝石は、もともとはひとつのレッドアンバーだった。それをデッカーがふたつに分け、そろいの彫刻を刻み込んだのだ。

「カミーユ嬢から聞いたのですが、守護宝石は祈りの塔の領域を抜けるとき、輝くのだそうです。見ていれば領域を抜ける瞬間がわかるかと思いまして」

「そうなの。カミーユ様とも仲がいいのね」

ガリーナは拗ねるようにデッカーを睨んだ。デッカーはアワアワとする。

「そんなことはっ」

「知ってるわよ。バカね」

ガリーナは悪戯っぽく笑った。

「他にも守護宝石を持っている者はいる？」

ガリーナが声をかけると、看板に人々が集まってきた。迎賓館崩壊の一件で守護宝石の力を見たヴルツェル王国の使節団は、守護宝石の力に驚き、その守護宝石を王女に捧げたというデッカーも一目置かれるようになっていた。そして、その力にあやかろうと、競うようにして守護宝石を買い求めたのだ。魔力の大きな守護宝石は高価すぎて手が出なかったが、小さく魔力の弱い守護宝石でも、彼らの心は存分に満たされた。

「守護宝石を持っている者は手に置いてみなさい」

「どうされたのです？」

ガリーナの言葉を周囲の者は怪訝に思った。

「デッカー説明なさい」

ガリーナがデッカーを促す。デッカーは大勢の前に立ち話すことに慣れていない。ずっとガリーナの護衛騎士として、背を守ってきたからだ。戸惑いつつガリーナをうかがい見る。

「背を伸ばし、胸を張りなさい」

ガリーナに命じられ、デッカーは集まった人々を見回して、ひとつ息を吸った。

「次代の聖なる乙女より伺ったお話です」

デッカーの低く落ち着いた声に、周りの者は神託でも聞くように静まり返った。妖精の長ボリジから受け継いだ声には威厳があり、堂々と振る舞うことで不思議と人を落ち着かせた。

「聖なる塔の領域を抜ける瞬間、守護宝石が輝くそうです」

デッカーの言葉を聞いて、守護宝石を持つ者は手のひらに宝石を置いた。なかには、普通の宝石と並べて比較をしようとしている者もいる。

ガリーナとデッカーの赤い守護宝石が、ふたりの手のひらの中で小さく瞬いた。

「光ったわ！」

ガリーナは喜んで思わずデッカーを見た。デッカーも微笑み返す。

周囲の者たちの守護宝石はまだ光らない。ふたりの守護宝石が続けて四回光る。そして、少し間を置いて次の瞬間、激しく光りだした。

感嘆の声と共に、ガリーナとデッカーに羨望の眼差しが集まる。明らかにふたりの守護宝石の力は別格だった。デッカーの祖先、妖精の長ボリジの魔力が込められているのだから、それも当然だ。

遅れて他の守護宝石たちも淡くかすかに輝きだした。そうして、船が進むと共に、守護宝石の輝きはほのかになってゆき、やがて消えた。

「祈りの塔の領域を抜けたようです」

守護宝石の光が消えたことで、守護の力まで消えたような気がして、甲板の上には一抹の不安がよぎった。デッカーはその空気を敏感に感じ取り、周囲に向かって笑いかけた。

「心配はいりません。『祈りの塔の領域を抜けても、守護宝石の力は落ちることはない』と次代の聖なる乙女から聞いております」

デッカーの言葉に皆、安心したように微笑んだ。デッカーはそれを見て自分の守護宝石を空に掲げた。海上の太陽がキラキラと赤い宝石を輝かせる。

「これからの航海に幸あらんことを」

「幸あらんことを！」

デッカーの言葉に、周囲が自然と復唱する。その後、拍手が沸き起こった。そうして、口々に驚きの言葉を口にしながら、三々五々に散らばっていく。

「案外、人前で話すのも向いていそうね」

ガリーナが笑う。

「お戯れを……。とても緊張いたしました」

あとにはガリーナとデッカーのふたりが残された。

ガリーナは守護宝石をギュッと握りしめた。柔らかなフロレゾン王国での生活は終わり、また厳しいヴルツェル王国での毎日が始まるのだ。

「ここから先はもとの世界に戻るのね」

でも、わたくしはわたくしの夢を叶えてみせる。女王の座も、デッカーも諦めないわ。

勝ち気な赤い瞳をデッカーに向ける。

「デッカー。私を守り続けたいと言ったのは本当?」

ガリーナの問いにデッカーは頷く。

「ならば、第一騎士団の入団テストを受けなさい」

「私は護衛騎士をクビになるのですか?」

デッカーは悲痛な顔でガリーナを見た。ガリーナは燃える瞳で挑発するようにデッカーを見る。

「第一騎士団で団長になりなさい。そしてナイトの称号を得なさい。その程度のことあなたならできるでしょう?」

デッカーはハッとしてガリーナを見た。ヴルツェル王国でナイトといえば、世襲権を持たない准貴族の称号である。ナイトになれば、平民出身だとしても貴族と認められる。王女との結婚も夢ではなくなるのだ。

「それは……」

「私を守り続けるとはそういうことよ。私と、私の国民を守れる騎士となりなさい」

ガリーナの言葉を聞いて、デッカーはその場に膝をついた。そして、まっすぐな目でガリーナを見つめ、守護宝石を握り紋めたこぶしを自分の胸に押し当てた。

「仰せのままに。我が女王陛下《ユア・マジェスティ》」

デッカーの言葉を聞いて、ガリーナは少女のように笑った。

ふたりだけの秘密の決意を、赤い守護宝石に刻まれた藍色のグラジオラスが見守っていた。

END

あとがき

ここはとある弱小（ブラック）ゲーム会社の休憩室である。現在午後十時。チーフはスマホを握りしめ、呆けたまま虚空を見つめている。

買い出しから戻ってきた同僚たちがチーフに声をかけた。

「チーフ、椿原さんて方が外で待ってますよ」

「ヤバイ、それ、元カノ。『ハナコロ』がバレた」

「椿……もしかして、カミーユたんですか⁉　最低ッすね？」

「だって、元カレの仕事チェックするとか思わないじゃん？」

「まぁ、とりあえず外見てください。待ってます」

窓の下をのぞけば、ボブの女性が窓を見上げていた。ニッコリと微笑む姿に圧かある。チーフは恐怖に顔を引きつらせ、慌てて休憩室を飛び出していった。

同僚たちは休憩室から階下の二人をニマニマと窺っている。平謝りするチーフに、怒ってみせる元カノ。その後、元カノがチーフをハグし、チーフは恐る恐る元カノを抱きしめ返した。

「……なんだ、元サヤか」

「次はギャルゲーで『ハナコロ』しませんか？」